AŞKI KONUŞMAK

kenan kalecikli

tekağaç

Kenan Kalecikli... Bir dünyalı o. Herkesten daha zamansız, ama en çok yersiz, yurtsuz... Tek sığınağı yazdıkları belki. Kendisine zorlanan her aykırılığa direnerek taşıdığı protest kimliğin bedelini öderken yeryüzünün en cesur adamı.Bir dünyalı o. Ferhat'ların, Mecnûn'ların soyundan geldiğine inanıyor. "Çiçek yüzlüm" dediği muhteşem insanı bulduğunu sandığı anda yitirmelerin yıkımını ne kadar taşıyabileceğini kendisi de bilmiyor. Yıllarıylı giderek etkisini artıran kapitalizmin boğucu kuşatmasına karşı her sözü, her satırı bir direniş çığlığı sanki. Sevginin gücünün, aşkın büyüsünün insanlaşma sürecindeki önemini sürekli vurgulayarak bir savaşım veriyor. "İnsan kazanacak," derken taşıdığı umut, kendi içinde adı konmamış bir destana dönüşüyor.

Yaşadığına hiçbir zaman inanmadı. Bu nedenle de yaşı yok onun. Özgeçmişi de.

Aramızdan ayrıldığında, geride bıraktığı kitapları "hoş bir seda" olarak sonsuza kadar hiç tanımadığı okurlarınca okunacak, dudak bükmelerinde bir gülümseme kadar kalacak.

Bizden biri /belki, hiç kimse değil.

"Can dostum, Sevdam Bedo'ya" diye başlamış sözüne. "Yaşamak mıydı dümdüz, yaşamak mıydı eğri büğrü?" demiş. "Hayattan neler isterdik, neler vermeliydi bize, şimdi avucumuzda neler saklıyoruz geçmişe ait? Gözlerimizde hâlâ yaşayan, yarınlara taşıyamadıklarımız, umutlarımız nerede?" diye sormuş Heval...

Sevgiliyle ne kadar buluşabildi, bu şölenlerde ne kadar kendisi olabildi, neler konuşabildi aşka ilişkin kimbilir, belki kimseye anlatmadı bunları. Sonra sustu birden bire.

Konuşsa mıydı?

Yeşim'e...

İnsan kirlenmesinin gittikçe düşlerimizi karabasana çevirdiği bir dünyada aşk, en çok konuşulan, buna karşın en az bilinen bir uygarlıkken bu söyleşilerin satır aralarında kalmasına razı olamazdım.

Nur Gezek'in baskısı tükenen *Senin İçin* adını verdiği yapıtındaki söyleşiyle, Barış Kuran'ın sanal dünyadaki yazın dergisi *düşLE*'de yer alan söyleşisinin aşk denizinde bir damla olmasını istedim biraz da.

Kirpiklerimize apansız düşen bir çiğ tanesi belki...

Nur Gezek-Kenan Kalecikli Söyleşisi

azâde ser olurdum âsib-i derd-ü-gamdan
ya dehre gelmeseydim ya aklım olmasaydı

Ziya Paşa

—Sevgili Kenan, son kitabında (Sevgiliye -Suya Yazılan Mektuplar-) sevgiliyi çok güzel betimlemişsin. Yine de sormak istiyorum: Sevgili kimdir?

—Bu soruyu bekliyordum senden. Çünkü duyarlılığını biliyorum.

Sevgili, bütün varlığımızla yöneldiğimiz yaşam kaynağımızdır. Kimi zaman "Bir kez olsun göreyim," diyerek yüzünü yangınlarda özlediğimizdir. Bir sözüyle bizi sevinçlerin doruğuna çıkartan ya da kahrın uçsuz bucaksız okyanusunda yapayalnız bırakandır. Her sözü büyüdür, bizi derinden etkiler. Konuşunca yeryüzünün en güzel sesidir. İçimizde saplı bıçaktır sevgili... Uğruna gözümüzü kırpmadan ölümlere yürüdüğümüzdür. Günü geldiğinde annedir sevgili, babadır. Eştir, dert ortağıdır, yârdır. Gözlerimizin içine bakarak kitaplar dolusu konuşandır. Susarken bile aşkı besteleyendir. Kahrolası törelerin fermanıyla traktörlerin altında can verdiğimizdir. Teninin kokusunu özlediğimizdir sevgili, namusumuzdur. Adam gibi sevmelerimizin nazlı çiçeğidir.

-Toplum olarak aşkı, temelde ise sevgiyi bildiğimizi söyleyebilir miyiz? Sevgi Günlüğü'nü yazarken bu soruya yanıt aradın mı?

—Bu soruya hiç yanıt aramadım. Yalnızca sevgiyi de aşkı da kendi doğasıyla yansıtmaya çalıştım. İnsan kirlenmesinin oluşturduğu sığlıklarda aşk nasıl barınabilirdi ki? Günübirlik ilişkileri bile aşk sanabilen, cinsellik yaşamayı "aşk yapmak" olarak niteleyen toplumlar zavallıdır, ilkeldir.

—Sevgi Günlüğü'nde adı geçen kişiliklere dönelim istersen. Sözgelimi, Cemil Bey... Aşkın doğasını bütün benliğinde yaşayabilen o yüce insan... Böyle bir karakteri işlerken neler düşündün? Aşk, sevgiliyi toprağa verdikten sonra da böylesine yoğun yaşanabilir miydi?

—Neden olmasın? Sevgiliyi yitirdikten sonra aşkın biteceğine ilişkin her söz, aşka karşı gelir. Cemil Bey'in Nadire Hanım'a duyduğu aşk, efsane olmayı haketmişti. Eşinin mezarına her hafta gidip uduyla onun çok sevdiği şarkıyı seslendiren Cemil Bey, o kitapta günümüzde çok az örneği görülebilen aşkların simgesiydi. Nicesi, bu kişiliğe hayran kaldı. Benim hayranlığım da günlükteki notlarda çok net biçimde beliriyor.

Cemil Bey'i yazarken müthiş bir sorumluluk içerisinde oldum. Cemil Bey'i yazmak, aşkı anlatmakla özdeşti çünkü. Onun taşıdığı insana özgü değerleri topluma aktarmanın yüklediği ağırlık epey yordu beni.

Eğer aşk bir insanın beynine bütün güzelliğiyle, gerçek kimliğiyle işlendiyse, sevgili toprak olsa da, bir hayal olarak bile nesnel dünyanın gerçeklerinden daha gerçektir.

—Cemil Bey, oldukça yaşlı bir insandı. Uzun zaman sürecinde aşkının büyüsüyle yaşadı ve ömrünü sevdiği kadının, - Nadire Hanım'ın- hayaliyle tamamladı. Sevdiğini daha genç yaşta yitirseydi, aynı yoğunluğu duyar mıydı dersin?

—Cemil Bey gibi bir kişiliğin yaşama aldanmasını beklemek tuhaf geliyor bana. Mecnûn örneği yeterli bir yanıt sayılmaz mı? Bunun yaşla bir ilgisi olduğunu sanmıyorum. Cemil Bey aşkı çok iyi özümsemiş bir değerdi. İnandığı gibi yaşadı.

Yaşamın zorluklarını paylaşarak azaltmak adına başka bir kadınla evlenseydi, belki ona eş olurdu ama sevgili olmazdı, olamazdı. Onunla yaşayacağı her şeyi Nadire Hanım'ın anısına ihanet sayardı. Cemil Bey, aşkını ihanetin çıkmazına düşürmeyecek kadar duyarlıydı, bilinçliydi.

—Kitapta "Sevgi" adını verdiğin bir saksı çiçeği vardı. Biraz da ondan söz eder misin?

—Sevgi adını verdiğim çiçek, aşkın da sevginin de ancak emekle yeşerip varlığını sürdüreceğine ilişkin simgeydi.

—Sevgi Günlüğü'nde adı geçen ve gerçek dost olarak nitelendirdiğin Birsen'e ilişkin neler söyleyeceksin?

—Sevgi Günlüğü'nde Birsen çok önemli bir kişilikti. Sevenlerin arasına giren, onların iletişim kurmalarına yardımcı olan bir insanın aşka ve insan ilişkilerine çok duyarlı olması gerekir. Birsen, bu aşk öyküsünde çok başarılı bir portre çiziyor. Farklı bir kişilikte olsaydı, bu aşk daha ağır bedellerle yaşanırdı.

— Gerçekten sevgilinin tek tel saçını yeryüzünün bütün servetine değişmez misin? Bu abartılı bir söylem değil mi?

—Görünüşte öyle. Ya sevgili uzak düştüğümüz bir değerse? Bizde kalan son parçası o tek tel saçıysa? Kim nasıl yorumlarsa yorumlasın, ben aynı doğrultuda yönelişimi sürdüreceğim. Çiçek yüzlümün varlığına ilişkin her belirti, benim için kutsal bir değerdir. Kutsal değerlerimi neyle ölçümlendirebilirim ki?

Gün gelecek çiçek yüzlüm de hayal olacak bana. Yaşam içime sığmayan aşkın karşılığını bulacağını vadetmiyor. Hiçbir sevene vadetmedi ki. Beni anlamazsa da direnişim asla kırılmayacaktır. Efsane olabilecek bir aşk tek kişilik yaşanacaktır belki, ama yaşanacaktır.

—Günümüzde gerçek aşklar giderek daha az yaşanıyor. Bizi yeri geldiğinde hayretler içerisinde bırakan, onca bedel karşılığında yaşatılma çabası verilenler bile bir günlük olabiliyor. Neler düşünüyorsun bu yıkıma karşı?

—Ben kendi adıma sarsılmaz bir direniş içerisindeyim. İnsanlara inandığım doğruları anlatmaya çalışıyorum. Gerek birebir konuşmalarımda, gerekse kitaplarımda insan kirlenmesine karşı misyoner gibi çalışarak sevginin ve aşkın bayrağını taşıyorum. Yalnız olmadığımı da biliyorum. Benim dünyamda çok özel insanlar var. Aşkı biliyorlar, yaşıyorlar. Yanılan biz değiliz sevgili Nur. Sevgiyi araç olarak görenlerin kimliklerini çok kısa sürede tanıyabiliyoruz artık. Biz yanılanları biliyoruz. Yanılgılarının nedenini de...

—Bilindiği gibi, Leylâ-Mecnûn aşkı bir efsane... Birçokları tarafından gerçeküstü olarak yorumlanıp abartılı bu-

lunabiliyor. Yine de biz, yaşanmış bir aşk öyküsü olan Ferhat ile Şirin'in aşkında da bu gerçeküstülüğü belirgin biçimde görebiliyoruz. Ferhat'ın Şirin'i kazanabilmek için dağları delmesi aşkın nasıl bir büyü olduğunu kanıtlıyor. Bu örnekteki aşk, günümüzde de yaşanabilirliğini koruyor mu sence?

—Elbette. Bütün iş insanın beyninde, gönlünde, yüreğinde. Aradan geçen bunca zaman insan beynindeki algılama yeteneğini zayıflatmadı ki. Yitirilen insana özgü değerlerdir ama bunun sorumlusu da insandan başkası değildir. Bütün dünya toplumlarında müthiş bir aymazlık var. Bireycilik her konuda ön plânda. İlişkiler çıkarsız yaşanamaz oldu. Bu çürümüşlüğe karşın aşk yine de var. Bundan sonraki çağlarda da olacaktır. Çünkü insanın doğasında aşk var. Giderek daha az yaşansa da o güzel insanlar hep olacaklar.

—Sevgiliye -Suya Yazılan Mektuplar- adlı kitabının sekizinci mektubunda beşerî aşk ilâhî aşka dönüşüyor. Bunu biraz açar mısın?

—Çünkü sevgilinin kimliğinde eriyip aslımı buluyorum. Sonsuz sevgiliye ulaşabilmek adına Kalp ülkesine yürüyorum. Bunu başarabilecek miyim, zaman gösterecektir. Nasıl bir çileyi yüklendiğimi biliyorum. Bu mektupta çok ileri bir sav söz konusu.

—Günümüz gençliğini nasıl buluyorsun? Genel olarak, bize öğretildiği kadar ya da mizansenlerin saydam çerçevesi içerisinde yaşarken nereye gidiyoruz sence?

—Zor bir soru bu. Ben hiçbir zaman gençliği suçlayıcı tavır içerisinde olmak istemiyorum. İhanetten hiçbir farkı olmayan Batı hayranlığının sonuçları belliydi aslında.

Maddeye tapınmak ve cinselliğin yaşam biçimi olarak algılanması, Batı'nın çürümüşlüğünün tescilinden başka anlam taşımıyor. Bu yaşam biçiminin medyada sürekli körüklenmesinin dehşet sonuçlarını yaşıyoruz. Toplumsal cinnetin ipuçlarını çok net algılıyorum. Çürüme artan hızla sürüyor. Gençliğe çok yazık oluyor.

***

Bu dünyaya gelmeyi ben istemedim. Kimse sormadı bana. Yaka-paça itildim sanki senin koynuna.

İnsandım. Sevinçlerim vardı benim. Hüzünlerim vardı. Hiçbir zaman çok şey istemedim, biliyorsun. Birazcık sevgi, yudum yudum içmek için. Gözlerim yıldızlarla oynaşırken umut olsundu içimde. Karabasanlar bölmesindi uykumu.

Çılgın bir çocuk büyütüyordum içimde... Dünya tatlısı, suçsuz günahsız. İşte o çocuğu koruyamadım yaşam ana. İncitmelerine engel olamadım. Herkes biraz yağmaladı onu. Yaşama sevincimi aldılar benden, en çok bunu aldılar. Aynaya baktığımda yüzlerce "ben" görüyorsam, bundandır. Kendimi tanıyamaz olmuşsam, bundandır. İçimdeki çocuğu kanattılar, yaşanmazlık oldum.

Aşkın bütün bedellerini seve seve ödemedim mi? "Seni seviyorum" derken, canımı vermeye hazırdım. Ama o, daha büyük bir bedel istedi benden. Delik-deşik yaşamaya tutsak etti beni.

"Sev" dedim. Bak, sana anamın ak sütü gibi temiz bir sevgiyle geldim. Kendimi getirdim sana. Üşümüş ellerimi getirdim, ısıtırsın diye. Anlarsın diye. Sarılırsın, avutursun diye.

Ne tuhaf! Hep yanıldım mı dersin yaşam ana? Nice sevgiliye veda etmek zorunda kalmadım mı ? Nice aşk daha bütün güzellikleriyle yaşanmadan anı olmadı mı notaları unutulmuş şarkılarda kalan?

Canımı adadığım sevgili, kaç zaman sonra ertelenmiş umutlarıyla hayal olduysa, içimdeki boğum boğum çığlıklarla isyan etmez miyim şimdi? Söyle yaşam ana, susma. Ben çözemedim, sen anlat.

Ben neden her defasında bir suçlu gibi utandım? Aşkımdan değil yaşam ana. Tanırsın beni, aşkımdan değil. Çocuk saflığımla uzattığım elimin mosmor ve kötürüm kalmasından utandım. Kimse görmesin diye ellerime kapanıp ağladım kaç gece. Yalnızca utandım.

Böyle olmuyor yaşam ana, gitmiyor. Ya bana beni geri ver, çok özledim kendimi; ya da turunç göğsünden emdiğim yalan umutları al götür artık. Hepsini al. Yoksa böyle daha çok tükenmez miyim? Bu can bu bedene ağır gelmez mi?

(...)

Anladım yaşam ana, anladım. Kara Goncelo'lar basmış bütün denizleri. Bildim!...

***

—Kartpostal Yazıları'ndaki bu yazıyı okuduktan sonra sende büyük bir kırgınlık sezinledim. Nedenini açar mısın?

—Yaşama, insana özgü değerlere çok duyarlıyım. En başta sevgiye ve aşka.

Korkarım, haketmediğim olaylarla epey bunaldım. Kırıcı olup nice zaman sonra yanlışını anlamalarına karşın özür dilemeyi bile düşünemeyen insanlara "dost" dediysem... İçime tortu gibi çöken haksızlıkların etkisini yok etmek amacıyla değil, benliklerinin doyurulması adına üstüme gelen insanları kırmamak için -kırılan ben olsam da- kaçmak zorunda kalıyorsam ve bunun bedeli olarak sürekli hüzün biriktiriyorsam...

Sevgili olarak yöneldiğim insan beni anlamaktan uzaksa... Çiçek yüzlüm bana soluk kadar yakınken, zamanın çok farklı bir boyutundaysa ve ona ulaşamıyorsam... O beni anlamamak için direnişini sürdürüyorsa... Beni çok kırabiliyorsa... Vedalaşıp aşkı kendi içimde yaşama hakkımı da yok ettiyse... Beni anlamayan insanların yüzlerindeki ifadelerden -kendilerinden değil ama- nefret ederek yaşıyorsam... Kırgın olduğumu saklamıyorum.

—*Günümüzdeki insan kirlenmesine ve çürümüş teneke uygarlığı olarak nitelendirdiğin yaşam biçimine karşı bu kadar duyarlı olman, sevgiyi böylesine içten hissederek yaşayabilmenden dolayı doğal geliyor bana. Peki bu sende nasıl bir etki bırakıyor?*

—Yıprattığı kesin. Yüzümdeki hüzün, bir senfoniye dönüştü sonunda. Yıprandım ama başım dik yaşamaktan vazgeçmedim, vazgeçmeyeceğim. Kimliğimi biliyorum. Hiç kimseye bir şey kanıtlamak zorunda değilim. Kendimi yaşıyorum. Hesap vermek durumunda kalmayacak kadar onurluyum. Eğilmeden yaşıyorum. Ömrün sırtımıza geçirilen bir kaftan olduğunu biliyorum. Bu kaftanı çıkartıp beyazlar içerisinde toprağa düşene kadar aynalardan utanmayacağım. İnsanım, insanca varolacağım.

***

Kirlendiniz. Size yakışan buydu çünkü. Başka türlü olamazdınız.

Sevdiği kızı elinden almak için Habil'i vururken, Kâbil'diniz. Yeryüzünün ilk cinayetini işleyen yaratıklar olarak tarihe geçtiniz. Hiroşima'da yüzbinlerce insanın üstüne atom bombaları yağdırırken de aynı ilkelliğe büründünüz. Vietnam'da nice günahsız insanı katlettiniz. Lübnan'da, Kıbrıs'ta görülmemiş vahşet senaryoları uygularken, Akdeniz bile utandı maviliğinden. Bosna'da anneleri kurşuna dizdiniz. Genç kızların gelinlikleri sandıklarda kaldı, kirlettiniz. Çocuklar horoz şekerini unutunca büyükler gibi konuşur oldular. Ama siz hep küçüldünüz. Size yakışan buydu çünkü. Başka türlü olamazdınız. Kirlendiniz. Belki de hep böyleydiniz. Sevgiyi bilmediniz.

Kentlerin kuytu köşelerinde tiner koklayan, bali çeken çocuk ne bilsin, nereden bilsin, bu işler neden böyledir? Sorulmaz mevsimler yaşattınız.

Ormanları ateşe verdiniz. Kızılderili yerlileri gereksinmelerinden çok avlanmayacak kadar uygarken, siz bütün doğaya düşman kesildiniz. Kirlendiniz. Kirlettiniz. Denizleri kirlettiniz bir bir. Deniz kızları yas tuttu geceleri. Duymadınız. Nice canlı türünü yok ederken, hiç değişmediğinizi kanıtlamanın yarışına girdiniz.

İnsan, aşkı bilendir. Bitki, çiçek açandır; meyve verendir. Hayvan, en yırtıcı kimliğiyle bile balta girmemiş ormanlarda, saldırmadan önce uyarandır. Siz "dördüncü tür yaratık"sınız. Uygarlığı bilemezsiniz. Sevgiyi bilemezsiniz. Aşkı bilemezsiniz. Nemli gözlerle sevgili yolunu beklemenin dramını ve bundaki insana özgü değerleri anlayamazsınız. İhanetsiz sevmenin nasıl bir direniş olduğunu kavrayamazsınız. Sevgili sıcaklığının büyüsünü *yaşayamazsınız. Aslında siz hiç yaşamadınız. Yaşayamazsınız.*

Kirlendiniz. Size yakışan buydu çünkü. Başka türlü olamazdınız. Kirlendiniz. Belki de hep böyleydiniz. Sevgiyi bilmediniz.

—Bu yazında en çok dikkatimi çeken, nefretle sözünü ettiğin dördüncü tür yaratıklar oldu. Sevgili Kenan, bu kavramı betimlerken hangi kitleyi hedef aldığını daha net çizgilerle belirtir misin?

—Dürüstlük, insana özgü değerlerin temelidir. Adına sorgusuz biçimde "insan" dediğimiz canlı türü, en çok bu ilk aşamada fire veriyor. Kaldı ki dürüstük başlıbaşına yeterli değildir, olamaz.

Bir insan ne kadar dürüst olursa olsun, evrensel değerlerin en anlamlısı olan sevgiyi bilmiyorsa, yine hiçtir. Bu da yetmez, aşkı bilmeli, yaşamalı ve yaşatmalıdır.

Dördüncü tür yaratıkların en belirgin özelliği, maddeye ve cinselliğe tapmalarıdır.

İslâmiyet öncesi Araplar, biliyorsun, putlara taparlardı. Bu putlar çoğunlukla tahtadan ve hamurdan yapılırdı. Hamurdan yapılanlarını acıkınca yerlerdi. Mekke kentinde tanrı satıcıları türemişti. "En iyi tanrılar bende... Tanrılarım var," diyerek satış yaparlardı. Tartışmasız bir ilkellik motifiydi bu. Aklı olan hiçbir insan kendi ürettiğine tapamaz çünkü.

Bin dört yüz yıl sonra da aynı ilkelliği görmüyor muyuz? İnsanlar yine kendi ürettiklerine tapmıyorlar mı? Parayı ve paranın gücüyle üretim tezgâhlarından çıkıp önlerine getirilen maddeleri ilâhları saymıyorlar mı? İnsan ilişkilerini cüzdanların ya da banka hesaplarının kabarıklığına göre düzenlemiyorlar mı? Bunun belki en çarpıcı örneği, Ankara'daki özel bir üniversitede görülüyor. Bu üniversitede öğrencilerin otomobil markalarına göre kendi gruplarını seçmeleri rastlantı mıdır? Belki lokal bir örnek gibi görülebilir ama insan ilişkileri açısından bütün kapitalist toplumlarda benzeri sınıflamayı görmüyor muyuz? İnsan, yalnızca beyniyle insan olabileceğine göre, sorunun adını koymak zamanı çoktan gelmiştir: İnsanlık inanılmaz bir iflâs içerisindedir. Belki asıl korkunç olanı, kimsenin buna ses çıkartmadan tuhaf bir teslimiyetle sahneye konan traji-komik oyuna alkış tutması ya da sessiz kalarak "oyunu" benimsediğini - en azından kanıksadığını- itiraf etmesidir. Bunun başka açıklaması olamaz. İnsan kendini bilmezse, kim bilecek başka? Evrendeki varlık nedenini unutan insan, kendi değerlerini nasıl koruyabilirdi ki?

Cinselliği ve maddeyi yaşam biçimi olarak benimsemiş yaratıkların insana özgü değerleri taşımaları beklenemezdi. Bu nedenle de hep dördüncü tür yaratık olarak kaldılar. Henüz kirlenmemiş insanları da zaman sürecinde kendilerine benzetmeye çalıştılar. Çünkü, insana özgü değerlerden rahatsız oluyorlardı. Ulaşamayacakları bütün değerlere düşman kesildiler. Hasta ruhları, onları bu yönde kışkırtıyordu. Sevenleri yıpratmak, onlara hiçbir insanın doğal karşılayamayacağı hazlar veriyordu.

Kirlenmişlerdi, kirlettiler... Sözgelimi, daha çok kazanabilmek için insan sağlığını hiçe sayanlara "insan" demek haksızlık değil midir? Bir fabrikatörün kimyasal atıklarını çevreye yaydıktan sonra gece olunca yatağında huzurlu uyuyabilmesinin neresinde insanca bir değer barınabilir? Toplumun ortak değerlerine para hırsıyla saygısızlık yapabilen bir yaratık dördüncü tür yaratık değilse, başka ne olabilir?

Bunca yoksulluğa karşın lüks menülerin sunulduğu, pahalı içkilerin su gibi aktığı toplantılarda umursamaz eğlencelere dalıp "adam" olduklarına inananlar, insanlığın aynasında nasıl çirkin göründüklerini bilselerdi, belki hangi boyutta yaşadıklarını kavrayabilirlerdi.

Parasızlık yüzünden hastanelerde rehin bırakılan bebekleri, anneleri hiç mi görmezler? Çocuğuna verdiği sözü tutamadığından, kendinden olana görünmemek için evine geç saatte gelmek durumunda kalan işçi babalar hiç mi içlerini burkmaz? Tiner koklayan, bali çeken ve yaşam koşullarının zorlamasıyla birer suç ögesi durumuna gelen sokak çocuklarını neden görmezden gelirler? Halkın kanını emenler el üstünde tutulur da, "Biz bu ülkenin şahinleriydik," diyerek ağlayan, ayakkabı boyacılığı yapan, simit satarak geçinmeye çalışan Kurtuluş Savaşı'mızın gazilerine neden duyarsız kalırlar? -Ki zaten tarihin önünde boyunlarında birer yaftayla geziyorlar ama görme özürlü oldukları için göremezler. Yazık! Son Kurtuluş Savaşı gazisi de belki bu kitabın yayımlandığı tarihlerde toprağa düşmüş olacaktır.-

Gelir dağılımı bu kadar bozukken, duyarsızlıklarını saklamak gereği duymayan bu politika esnafının kimliği hangi eksende yorumlanabilirdi? Bunlar yönetimde etkin olunca, "devlet" imgesini ne duruma getirirler, neden kimse sorgulamıyor bunu?

Dördüncü tür yaratıkların egemenliğindeki bir dünyada insana özgü değerlerin bu kadar aşınması kaçınılmazdı aslında. Duygu sefaletini uygarlık olarak lanse ettiler.

Yakın geçmişte Avrupa'nın ortasında Sırp vahşeti yaşanırken, uygarlığın temsilcisi olma savından bir türlü vazgeçemeyen Batı, böylesine bir trajediye uzun zaman sessiz kalabildiyse, sormanın zamanıdır: Bu ülkeleri hangi tür yaratıklar yönetiyor dersin?

İlkellik, ikiyüzlülük, Batı'nın kimlik kartına işlenmedi mi? Amerika istesiydi en başında bu haçlı vahşetine son verebilirdi, nice zaman sonra yaptı bunu. Böyle bir etki gücü olduğunu biliyordu da nasıl ilgisiz kalabildi? Neron'un Roma'yı yaktıktan sonra lir çalıp oynamasından ne farkı vardı bunun?

Ateşle ve barutla beslendiler. Yazık! Dördüncü tür yaratıkların tarih sahnesindeki görüntüleri hiç değişmedi. Yönetenler değişti de ilkellik aynı kaldı. Sevgisizlik, balçık çamur gibi yüzlerinde kurudu. Doğa kirletildi, canlı türleri yok edildi. Dalga dalga gelerek bütün dünya toplumlarını kuşattılar. Uğursuzdular, başkası beklenemezdi.

—Sevgili Kenan, dünyada her yıl yaklaşık bir -diğer askerî harcamalarla birlikte iki- trilyon doların silâhlanmaya harcanması da çok çarpıcı bence. 250 milyon aç insanı doyurabilecek parasal tutardır bu.

Ağustos 1945'te Hiroşima üzerinde patlatılan atom bombası, yüzbine yakın insanın ölümüne neden olmuştu. Bugün, normal sayılan üç megatonluk bir nükleer bombanın patlatılması, yüzelli kat daha geniş bir alanı tahrip edecek, otuz kat daha büyük bir yerin üzerinde ne varsa silip süpürecektir.

Ünlü fizikçi Einstein, atomun milyonlarca insanın çektiği acının kaynağını oluşturmasıyla ilgili şu yorumu getirmiştir: "Keşke bir fizikçi değil de bir saatçi olsaydım."

Dördüncü tür yaratıkların vahşetini yalnızca savaşlarla sınırlandırmak yeterli değildir kuşkusuz. Birebir ilişkilerde de aynı sapmanın farklı suretleri çıkıyor karşımıza.

Wolter Scott'un bir sözünü anımsıyorum: "Sözlerin öldürdüğü ruhlar, silâhların öldürdüğü bedenlerden daha çoktur." Nice gönül inciniyor, belki yaşama küsüyor, bu kadar yıkıcı olanlar geriye dönüp bakmayı bile düşünemiyorlarsa, hangi sevgi, hangi uygarlık? Sormak gerekir: İnsan olmak bu kadar ucuzlayabilir mi?

—Sevgili Nur, dünyayı nasıl görüyorsun? Sevginin ve uygarlığın merceğinden bakarak anlatır mısın biraz?

—Dünyayı nasıl görüyorsun derken, insanı nasıl değerlendirdiğimi soruyorsun sanırım.

Senin temel görüşlerinde de olduğu gibi, bütün toplumlarda hızla yayılan müthiş bir insan kirlenmesi var. Bunu algılayamamak teslimiyetten farksızdır.

Kitaplarında belirttiğin gibi, yaşamda iyi ile kötünün, sevgi ile nefretin, uygar ile ilkelin kavgası hiç bitmemiştir. Bunu biliyoruz.

Bu kavganın tarafları, gerçek anlamda insan olanlar ve dördüncü tür yaratıklardır. Ki biz dördüncü tür yaratıkların kimlik saptamasını çok net biçimde yapmadık mı?

Amerika kıtasına beyaz insan gelmeden önce, bizonların sayısı milyonlarla ölçülürken, bugün bu hayvanlar koruma altına alınıp türlerinin yok olmaması için özel *bir çaba gerekiyorsa, soruyorum: Kim daha uygardır? Doğayla dost yaşayan, yalnızca gereksindiği kadar avlanan Kızılderili yerlileri mi, yoksa Amerika kıtasına ayak bastıktan sonra bizonları kitlesel biçimde yok eden, sayılarını birkaç bine düşüren, Kızılderililerin müthiş at uygarlığını sona erdiren Avrupa'dan göçen beyaz insan mı? Kurtlarla Dans filminden bu konuda çok çarpıcı sahneler anımsıyorum.*

Başka bir soru: Bergama köylüleri mi daha uygar, birkaç ton altın için doğayı onarılmaz biçimde kirletmeyi göze alabilen altın tacirleri mi?

Sevgiye emek veren, aşkı bilen, yaşamak ve yaşatmak için çırpınan sevenler mi daha uygar, aşkı benliklerinin ya da cinsel dürtülerinin doyumu için kullanan yaratıklar mı? İhanetle aşkı yanyana getirenler mi daha uygar, nice bedeli göze alarak aşkı yaşayanlar mı?

Bence uygarlık, kendi özgürlüğünü yaşarken kitlesel özgürlüğe saygı duymak, yalnızca gereksindiği kadar ve zarar vermeden tüketmek, doğaya karşı duyarlı olmak, sevgiyi ve aşkı gerçek rengiyle taşımak olarak tanımlanabilir.

—Sevgiyi ve aşkı gerçek rengiyle taşımak diyorsun. Bütün güzel insanlar gibi sen de sevgide duyarlısın, aşkta duyarlısın. Saptamalarını bu iki konu üzerine bağlıyorsun. Bunu biraz açar mısın?

—Bu iki kavram üzerine bağlıyorum, çünkü yaşamın özünde bu iki kavram var.

—Sözünü kesmek istemezdim ama sevgiyle aşk arasındaki en belirgin fark nedir sence? İstersen önce bu saptamayı yapalım...

—Sevgiyle aşk arasındaki en belirgin fark paylaşımdadır. Aşkta paylaşım iki kişi arasında yaşanırken, -aşkta üçüncü kişi asla olamaz- sevgideki paylaşım evrensel boyuttadır.

Aşkta da sevgi var. Ama bu sevgi çizgi üstü yaşanır. Saygı ve sorumluluk duyguları da... Çarpıcı bir diğer fark da her aşk yaşanması olası başka bir aşkın alternatifidir. Başka anlatımla, bir aşkta karar kıldıysak, bu aşkın bir maliyeti vardır. Bu maliyet, yaşayabileceğimiz, ama eğilim duymadığımız başka bir aşkta yaşayabilecekken reddettiklerimizdir.

Sevgi için böyle bir durum söz konusu olamaz. Hiçbir sevgi başka bir sevginin alternatifi değildir. Örnek vermek gerekirse, bir insanı sevmemiz diğer insanları sevmemize engel değildir. Sevginin paylaşım boyutudur bu. Aşkta ise, böyle bir yansıma aşkın doğasına aykırıdır. Bir insana birden çok kişinin âşık olmasıyla karıştırmamak gerekir bunu. Sevilen içlerinden biriyle aşk yaşayabilir, en çok bu.

Gönlümüz, bizi temsil eden en önemli yanımızdır. En çok "biz" olandır. Bu en kutsal armağanımızı bizi hakedip haketmediğini sorgulama gereği bile duymadan "sevgili"ye sunarız (Böylesine sorgusuz bir yöneliş, aşkın başlangıç aşamasında mutlaktır.)

Özetlersek, aşk bireyseldir, -bireyci değildir ama- sevgi evrenseldir. Bir sevgiliye yönelişin saklı kalan anlamı, diğer olası aşkların kendiliğinden elenmesidir.

—Buradaki alternatif maliyeti biraz açar mısın?

—Hangi anlamda bir maliyetten söz ediyorsun? Aynı frekansta mı konuşuyoruz?

—Bence, bir aşkı tercih etmekle -ki bu tercih çoğu zaman istem dışıdır, kendiliğindendir- daha coşkulu yaşanabilecek olası aşklara hiçbir şans tanınmamış oluyor. Benim alternatif maliyetten kastım budur.

—*Kişi aradığını bulmuşsa, yaşadığı aşk, alternatif aşklardan daha anlamlı ve özeldir. Ona ait olandır. Bu nedenle, alternatif aşklara ilişkin yaşanmamışlığı kayıp olarak görmüyorum.*

Tercih ettiği aşk, kişinin mutlu olmasına, gereksinmelerini karşılamasına yetiyorsa, artık arayış bitmiş olmalıdır.

—Aşk nasıl yaşanmalı sence?

—*Aşk, önce hissedilmelidir. Aşkın vereceği enerji bütün bedenimizi sarsmalıdır.*

—Aşkın eyleme dönüşmesi gerekmiyor mu?

—*Tabi ki... Eyleme dönüşmeden nasıl yaşanabilir? Soyut düzlemde kalmış aşkların teoriden öte bir anlamı olmaz ki. Önemli olan, aşkın pratisyeni olabilmektir.*

Aşk, pozitif ve negatif değerler arasında dalgalanmalı, kimi zaman duygu patlamalarıyla içimizdeki gücün varlığını yaşadığımız her an hissettirmelidir. İnsan ancak o zaman var olduğuna inanabilir.

—Aşk, büyük bedellerle yaşanabiliyor. Sanırım aynı görüşteyiz.

—*Bedel olmadığı sürece yaşadığımızın değerini anlayamayız. Kavurucu yaz sıcaklarında su satan çocuklardan alıp içtiğimiz suyun da bir bedeli yok mu? Doğada kolayca bulabileceğimiz suyun bedeli olur da kaç gün kaç gece özlediğimiz, gerektiğinde ölümü bile göze alarak yürüdüğümüz sevgiliye duyulan aşkın bedelinin olmaması beklenebilir miydi?*

Çoğumuz, bu bedelleri hiç düşünmeden kabul ederiz, ama bazen çok ağır da gelebiliyor.

Aşka ilişkin sorumlulukların farkında olsak bile, başlangıçta ödeyeceğimiz bedeller bize kolay gelebilir. Ama aşk ilişkisi ilerledikçe, bu bedeller ağırlaşacaktır. Bunun birçok örneği her gün nice aşkta yaşanıyor aslında.

Gerçek aşkta ödeyeceğimiz hiçbir bedel önemsenmez. Seven, sevdiği için her bedeli ödemeye hazır olandır. Bedel ödeme sürecinde geri adım atan hiç kimsenin aşkına inanmıyorum.

—Babası, Mecnûn'u Kâbe'ye götürüyor. Amacı, oğlunun Tanrı'ya yakarıp Leylâ'ya duyduğu aşktan "kurtulması"dır. Ona iyilik yapacağını düşünüyor. Bu aşktan vazgeçip kendine geleceğini umut ediyor.

Mecnûn, Kâbe'de yakarıyor, ama babasının umduğu gibi Leylâ'dan kurtulmak için değil, aşkının daha da büyümesi için. Çünkü taşıdığı değerin -aşkın- farkındadır, nice bedel ödemeye gönüllüdür.

—Ama hiç kimse kahır yaşamak için başlamaz aşka.

—Kuşkusuz ki öyle. Ama Mecnûn, hiçbir bedelden kaçınmayacak kadar yaşamın en önemli gerçeğinin farkındaydı. Farkında olmasaydı, Leylâ onun için diğer insanlardan farkı olmayan biri olsaydı -ki o zaman aşk olmazdı- böyle bir yakarışa zaten gerek kalmazdı.

Konuşmamızın tam burasında sana şunu sormak istiyorum: Sen aşkta nereye kadar bedel ödeyebilirsin? Bu bedelin bir sınırı olmalı mı? "Olmalı" diyorsan, bu sınır nerede belirlenmeli?

—Böyle bir sınır belirlemek olanaksızdır ve aşkın doğasına aykırıdır. Aşkın bedeli sınırsız olmalıdır ve nereye kadar gerekiyorsa, oraya kadar ödenmelidir.

—Sezen Aksu'nun bir şarkısında, "Aşk için ölmeli; aşk, o zaman aşk" sözü geçiyordu. Sence bu söz doğru mu? Ne diyorsun?

—*Tabi ki değil. Ben buna katılmıyorum. Aşkını kanıtlamak için sevenin ölmesi gerekmiyor.*

—Yaşam, sevdalıya böyle bir koşul dayattıysa? Sözgelimi, sevgiliyi bir tehlikeden korumak, belki onu toplumdan kazanmak adına...

—*Zaten gerçek aşklarda böyle bir savaşıma sonucu düşünülmeden girişilir.*

Bu durumda, aşkta bedellerin sınırı yoktur diyebiliriz. İnsan kendini öne çıkartarak aşk yaşayamaz. Aşkı yaşamak isteyen kişi, her şeyden önce aşkın kendi doğasını gönüllü kabul etmeli, hiçbir bedelden kaçınmamalıdır. Toplumun değer yargılarına feda edilen aşklara öyle yazık oluyor ki.

Toplumun değer yargıları karşısında yenilgiye uğrayan yönelişlerin bazıları aslında aşk değil. Belki tutku, beğeni, hoşlanma... Bunların biri ya da birkaçı sözkonusu olabilir. Aşkta, bunlara ek olarak daha fazlası vardır: Sonsuz bir bağlılık, derin bir saygı, bütün varlığımızla sevgiliye yöneliş, onu kendimiz için değil, kendisi için sevmenin erdemi, yüceliği ve derinliği... Sorumluluk, emek, ilgi ve anlayış.

—Aynı görüşteyim. Aslında bu tez değil, aşkın gerçeğidir. Seven, önce sevgiliyi düşünmelidir. Eğer böyle bir yöneliş karşılığını buluyorsa, bu iki sevdalının ulaştığı boyutu aşkı bilenlerin dışında kalan hiçbir insanın düşünce gücü kavrayamaz. İşte bunun için aşk özeldir.

—Ama başlangıçta aşk, insanın kendi mutluluğu için giriştiği bir çaba değil mi?

—Başlangıçta belki...

—Aşkta elektriklenme yaşanır önce. Duygulara ancak bir süre sonra ad konulabilir. Sevileni kazanmak ve kazandıktan sonra yitirmemek için savaşım verilir. O kişi de aynı yöneliş içerisindeyse mutlu etmek adına çaba gösterir.

Ama başlangıçta düşünülen, kişinin kendi mutluluğudur. Bireycilik, bu aşamada kaçınılmazdır bence.

—Burada çok masum bireycilik var. Sevdiğimize gereksinme duyuyoruz. Onun yüzü, sesi, dokunuşu canımıza can katıyor. Ama aşkın bu ilk aşamasından sonra, bireycilik sıfıra inmelidir.

Sözün tam burasında "üst aşk" kavramından söz etmek gerekiyor: Sevgili için savaşım vermek, mutlu etmeye, mutlu olmaya çalışmak bir yana, aşkı yaşamanın vereceği hazzı tatmak asıl olursa, bu, "üst aşk"tır. Çok az seven bunun bilincindedir. Mecnûn'un Kâbe'de aşkının artması için dua etmesinin nedeni de bundan başka bir şey değildir.

—Aşk karşılıksız kalırsa?

—Bedelini yine de ödeyecek.

—Sevgili Kenan, bedelini mutlaka ödeyecek de, insan kendi mutsuzluğu için hiçbir girişimde bulunmaz değil mi? İnsanın yaşamda sürekli bir mücadelesi vardır. Aşk adına vereceği savaşım da mutlu olmak içindir.

—Bence bu o kadar net değil.

—Başlangıçta diyorum.

—Başlangıçta doğru. İlerleyen bir aşkta...

—Sanırım bir süredir aynı konuya takılıp kaldık. Şunu söylemek istiyorum ben: Durduk yerde acı çekmek için kendimizi aşka yönlendirmeyiz ki.

—Kuşkusuz ki öyle. Aşk, sağlıklı ruhlarda barınabilir yalnızca. Mazoşist yaklaşımla insan beyninin en anlamlı yönelişini nasıl yaşayabiliriz?

—Umutsuz olsa bile, her seven gizli bir umudu taşır yine de. Bu da mutluluk arayışını destekler. Ama umut gerçekleşmeyince ya da ertelenince, acı çekme süreci de uzar.

Temelinde mutluluk arayışı olduğu için, buradaki bireyci yaklaşım gözardı edilmemeli.

—Aşk öyle bir değerdir ki, sahtesi pek çoktur. Her insanın içinde aşk çekirdeği vardır. Bu çekirdek çimlenince, aşka yöneliş başlayacaktır. Eğer insandaki aşk kültürü sağlam referanslardan beslendiyse, aşkı doğru yaşayacaktır. Değilse, günümüzde aşk adına yaşanan yanlışlar kaçınılmaz olacaktır.

—Değerli olan her şeyin sahtesi olur da aşkın sahtesi olmaz mı? Çok satan kasetlerin, kitapların korsan baskılarının çıkması boşuna değildir.

—Aynı görüşteyim.

—Aşktaki kadar sahtelik başka hangi konuda var ki? Aşkların oluşması ya da bitmesi kişinin ruhsal durumuna da bağlı. Örnekse, çok büyük aile içi sorunlar yaşayan, işyerinde, okulda olumsuzluklarla başetmek zorunda kalan ve başarısız olan insanlar sığınacak bir liman arıyorlar. İnanıyorlar ki bu limanda huzur bulacaklar. Bu da aşka ilişkin belki ilk kıvılcımların oluşmasına neden olabiliyor. Eğer seven, bütün varlığıyla sevgiliye yönelmediyse, yanlışlar dizisi başlıyor...

—Az önce belirttiğimiz gibi, sahte aşk çok sık yaşanıyor. Aşkın gerçekliğini zaman sürecinde olaylar belirleyecektir. Nasıl ki bir öğrenci okulunu bitirince diploma almaya hak kazanır, tıpkı bunun gibi, seven de yaşamdan bir ödül alacaktır. Bu ödül, sevgilidir.

Sormak istiyorum: Aşkta "haketmek" sözünden ne anlıyorsun? Sevgilinin bizi hakettiğini nasıl anlayacağız? Belirleyici ölçütler nelerdir ya da bunun bir ölçütü olabilir mi?

—Burada önemli olan, atılan temelin ne kadar sağlam olduğudur. Eğer temel sağlamsa, sevgiliyi haketmek adına ilk sınav aşılmıştır. Kuşkusuz ki yetmez. Toplumun bu aşka getireceği engelleri aşmaktaki kararlılık, en belirleyici etkendir.

—İyi ama temel atılan zemin kaygansa? Karşı tarafın tutumu aşka aykırıysa? O zaman şunu söyleyebilir miyiz? Bütün iş yürektedir. Sevenin ve sevilenin yüreği...

—Ya aşkı taşıyamayacak durumdaysa ve yine de aşk varsa. Karşılıksız olsa da varsa diyorsun...

—Bu durumda, senin sorunda gizli olan karşılıksız aşk sendromu kaçınılmazdır. Karşılıklı yaşanır gibi görünse de, gerçekte karşılıksızdır. Sevenler bu denklemi ancak zamanla çözebilirler. Birinin aşktaki yoğunluğu karşı tarafın yoğunluğunu aşıyorsa, aştığı kadarıyla karşılıksız kalmış demektir. Aşktaki birliktelik ancak bütünleşmeyle kazanılabileceğine göre, aksama kaçınılmazdır.

—Özetle, aşkta etken olmak gerekir diyebiliriz. Bir taraf edilgen -pasif- kalabiliyorsa, aşk gerçek rengiyle yaşanamayacaktır. Temelde sarsıntı olması kaçınılmazdır.

—Yalnız, az önceki sözüm sanırım yeterince konuşulmadı. İki sevgilinin ulaştığı boyut farklıysa, daha doğru bir yönelişte olan sevgilinin sevdiği insanı aşan boyutuyla aşkı yine de karşılıksızdır. Bu çok önemli. İki sevgili de aşka yönelmiş olmalarına karşın, "daha çok ve daha doğru, daha bilinçli" seven, kısmen de olsa karşılıksız bir aşkın çıkmazında umut arayacaktır. "Daha çok seven" sözü ilk bakışta göreceli bir kavramdır. Kararlılık ve içtenlik bence en belirleyici etkenlerdir.

—Başka bir sorun daha var burada: Aşkımıza aldığımız karşılığın yeterliliğini ya da bizim aşkımızın sevgilinin aşkını aşıp aşmadığını, aşıyorsa ne kadar aştığını karşımızdaki kişiden alacağımız ipuçlarıyla belirleyeceğiz.

Bir tarafın çabası daha çok, yaşadıkları daha düzeyli, duyguları daha yoğunsa, sorunlar kaçınılmazdır.

Aşkın düzeyi biraz da karşımızdaki insana -sevdiğimize- bağlı değil mi? Yeterince emek vermiyorsa, bu, onun kapasitesini göstermez mi? Eğer bu yetersizliğinin farkında bile değilse, aşkı nasıl bilinçli yaşayabilir?

—Ama aşkın bir özelliği var: Aşk, kendisine ilişkin her konuda çok duyarlıdır. Sevgiliye yöneldikten sonra sevene bu duyarlılığın yansımaması olası değildir. Aşk kültürünü özümseyebilmiş her sevdalı, müthiş duyarlıdır. Değilse, aşk adına arayışlar liseli romantizminden öteye gidemez. (Liseli romantizmi dedim de bunu dışladığımı düşünmeni istemiyorum. Aşkta liseli romantizminin önemi yadsınamaz. Önemli olan, bu romantizmin getireceği uçukluğu yitirmeden, aşkı kendi doğasında, bilinçli yaşayabilmektir.)

Sevilen, aşkta ulaştığımız boyutu haketmiyorsa, ilişki aksayacaktır.

—*Aksama başlayınca da sevilen ya da seven, belki iki taraf birden ilişkiden sıkılacaktır. Çünkü, onun için yaşam kaynağı olma özelliğini hızla yitirecektir. Mecnûn için Leylâ yaşam kaynağıydı. Belki Leylâ için aynı yöneliş söz konusu değildi. Ben bu efsane aşkta sevgiliye yöneliş adına aynı yoğunluğun yaşandığına inanmıyorum. Kimbilir, aşklar sorunsuz yaşanınca belki tadı kalmıyor. Sorunsuzluk, sorun olabiliyor.*

Susanna Tamaro'nun kitabındaki bir sözünü anımsıyorum: "İkili ilişkilerdeki kolaylık, aşkı ucuzlatır." Bu teze göre, sorunlar yaşamalıyız. Böylece, o her şeyimizi içtenlikle paylaştığımız sevgili apansız bir sarsıntıyla uzaklaşmayacaktır bizden. Yaşanılan mutluluklara bir bedel ödememek adına ipotek altına alınmış duyguları koruma çabasıdır bu.

Bitmek bilmeyen arayışlar, kendi kısır döngüsünden kurtulup bize "İşte bu!" dedirttiği an, büyük bir savaşım içerisinde buluveririz kendimizi. Bunun tam tersi bir olasılığın yaşanabileceğini aklımızın ucundan bile geçiremeyiz. Her şeyin iyi gitmesi, büyük uçurumlara yapılan yolculuklar gibidir. Aşkta kazanılan zaferler, her şeyin olağan biçimde güzel yaşanması ya da bir bakıma kolay olabilmesi benliğimizi veya ilişkimizi böylesine bir basitliğe sürükleyebilir mi?

—Bu teze göre, sağlıklı ilerleyen bir aşk ilişkisi, aslında sağlıksızdır. Sorunlar yaşanmalı... Bunun için de gerekirse mizansenlerle sorunlar üretip tartışmalı.

Tamaro'nun o kitabını okumadım. Eğer yorumun doğruysa, bu tez müthiş saçma bir anlayışa dayanıyor. Aşk ne kadar yoğun ve kendi doğasına uygun yaşanırsa yaşansın, Aragon'un bir şiirinde belirttiği gibi, mutlu aşk yoktur. Bu durumda, sevenin korkuları, beyninde patlamalar yaşaması başlı başına yeterlidir zaten.

Ölümlü bir dünyada yaşadığımızı nasıl görmezden gelebiliriz? Yaşam kaynağımız sevgili için de geçerlidir bu. Onu yaşamboyu yanımızda bulacağımıza ilişkin hangi güvencemiz var? Sevmelere doyamadığımız sevgili, beklenmedik bir anda yıldız gibi kayıp düşebilir toprağa. Sevdiğini kendi eliyle toprağa veren sevdalılar beni çok iyi anlayacaklardır.

Ne kadar mutlu gibi görünse de her aşkta gizli bir hüzün yaşanır. Çünkü, yaşama ilişkin riskler Demokles'in kılıcı gibi asılı durur. Bu nedenle, aşkta tuhaf bir huzursuzluk vardır. Bunun kaçınılmaz yansıması, sorunlara neden olacaktır. "İnsan sevdiğini hırpalar," sözü kısmen doğru geliyor bana. Bunun sonuçlarını bütün sevenler değişen oranlarda olsa da yaşıyor zaten.

Aşkın grafiği çizilebilseydi, eksi sonsuzla artı sonsuz arasındaki dalgalanmaların ne kadar yoğun yaşandığı da görülebilirdi. Buna sen de değinmiştin.

Sorunlar üretmek, aşkı korumak için mizansenler yazmak kadar anlamsız bir saptama düşünemiyorum. Mutlulukla mutsuzluğun, hüzünle sevincin iç-içe olduğu bir ilişkide, yapaylıkların sığlığına yer yoktur. Aşkı beslemek için gerektiğinde yapay özlemler üretmeyi anlıyorum ama yapay sorunlar üretmek çok farklı bir anlayıştır, onaylayamıyorum.

Yaşam zaten giderek daha zor. Bir de yapaylıklar...

—Susanna Tamaro'nun sözünü ettiği durum tek düzelik sayılabilir mi?

Bu patlamaların yaşanmaması, bir tarafın sürekli pasif kalması, etken olamaması söz konusu olabilir mi?

—Aşkta gel gitler olacaktır. Yapaylıklara gerek yok. Olsaydı bile, aşkı hangi mizansenle yaşayabileceğimizi düşünemiyorum.

Aşk parmak hesabıyla yaşanamaz. Ayrı evlerde, ayrı kentlerde yaşayan sevgililer, "Bir süre aramayacağım, yokluğumu anlasın," diyerek yanılgıya düşüyorlar. "Kaçan kovalanır," sözünün gerçekliğini düşünürsek de görüşlerim sarsılmaz. Benim aşktan kastım, ideal aşktır. Gerçek kimliğini bulmuş aşklarda yapaylıklar olmaz.

—Aşktaki nefret konusuna değinelim. Aşkta nefret var mı? Varsa, hangi durumlarda ortaya çıkar?

—İlişkilerde nefret zaten potansiyel olarak vardır. Nefret de aşk kadar güçlü bir duygudur. Ama her aşkta yoğun nefretlerin yaşanacağını söylemek yanlış bir yorumdur. Nefretin ortaya çıkması olaylara, sevenlerin tutumuna bağlı olarak gelişir. İdeal aşklarda hiç görülmez. Ruhbilimini doğrudan ilgilendiren bir durum bu.

Geçen yıllarda İzmir'de Dokuz Eylül Üniversitesi'nde bir olay olmuştu: Bir genç, sevdiğini söylediği kızdan karşılık göremediği için onu öldürmüştü. Bütün Türkiye bu olayı aşk cinayeti olarak tanıdı. İnanılmaz bir yanılgıydı bu. Düşünülmedi: İnsan yaşam kaynağını nasıl yok edebilirdi? Aşk bunun neresinde? Belirgin bir nefretti bu. Hastalıklı ruhlarda görülebilecek böyle bir sapmanın aşkla ilgisi yoktu, olamazdı.

Benim aşktaki nefretten kastım, anlık nefretlerdir. Duygulara ilişkin gerçekçi bir kimlik saptaması yapmak çok güçtür, belki de anlamsızdır. Yinelemek istiyorum: Nefret, ideal aşklarda asla görülmez.

—*Peki bu nefret yoğunlaşarak daha güçlü bir biçimde ortaya çıkarsa?*

—Aşk bitmiştir zaten.

—*Anımsadığım kadarıyla, o olayda paylaşılamamak söz konusuydu. Kız başka birini seviyordu. Onu sevdiğini söyleyen ve "sevgiliyi" paylaşamayan hasta ruhlu kişi de kızı vuruyordu. Burada bir yokoluş sözkonusudur. Bu yaratık aşkı bilseydi, başka anlatımla sevgiliyi kendi benliği için değil, sevgilinin kendisi için sevseydi, o kız yaşıyor olacaktı. Aşkı bilmemenin bedeli, bir genç kızın toprağa düşmesi olarak ödetildi. Sayısız örnekten yalnızca biridir bu.*

—Ama bu gel gitlerde aşk nefreti her zaman yeniyor. Nefret anlıktır. Eğer uzun süreli kalabiliyorsa, müthiş yıpratıcı olacağı tartışmasızdır.

—*Aşkla nefret bir arada yaşanabilirse, beynin nefret etmesi, yüreğin sevmesi durumu ortaya çıkabilir. Bu, ne zamana kadar hükmünü sürdürebilir? Aşk böyle yaşanabilir mi? Yaşanırsa, varlığını ne kadar sürdürür?*

—Az önce verdiğimiz örnekte çarpıcı bir bireycilik söz konusuydu. Daha ilk aşamada yenilgiye uğramış aşkla hangi güzelliği yaşayabilirdi? Elde etme isteği nasıl bir ilkelliktir, düşünmeye değer. Klişe budur. Amacına ulaşamayınca da nefrete çok elverişli böyle bir yöneliş aslını buluyor. Bireycilikle başlayıp bireycilikle süren, düzeysiz, derinlikten yoksun zavallı bir anlayış. Adı konmamış bu duygunun aşk formatıyla tartışılması da anlamsız geliyor bana.

Bu arada ilginç olduğunu sandığım bir saptamada bulunmak istiyorum: Dünyanın her yerinde aşkı simgelemek üzere kalp resmi çizilir. Oysa aşk insanın beynindedir. Sevgilinin yüzünün biçimi, sesi, anılar, beyinde saklıdır. Sanırım beynin resmini çizmek zor olduğu için kalp çiziliyor. Kuşkusuz ki kalp aşka tepki veriyor. Sevgiliyi görünce, sesini duyunca ya da aşkımıza ilişkin en küçük olaylarda bile hızla çarpıyor. Ama bu çarpıntının beyinden gelen sinyallerle olduğu da bilimsel gerçektir.

—Bu durumda kalbimizin sevmesi, beynimizin nefrete teslim olması gibi bir olasılık söz konusu değil. Aşk ve nefret bir arada yaşanmıyor.

—Aşkla nefreti aynı anda kuşkusuz ki yaşayamayız. İnce sınırlar vardır. Ama buna ilişkin saptamalarda bulunmak yalnızca gereksiz bir ayrıntı gibi geliyor bana.

—Aşk bitince nefret ortaya çıkar mı?

—Her zaman değil. İlişkilerini uygarca bitiren insanlara haksızlık yapmayalım.

—Diyelim ki bizi hiç haketmeyen birini seviyoruz. Biliyoruz ki, aşkta neden aranmaz. Aşkın hesapsız kitapsız yaşanması gerektiğinde birleşiyoruz.

Aşkımıza söz geçiremediğimizde...

—Haketmiyorsa ve duygularımıza etki edemiyorsak demek istiyorsun.

—Hiç beklemediğimiz, haketmediğimiz davranışlar, kırıcı sözler... Bu durumda da aşk yaşanabilir mi?

—Neden olmasın? Eğer seven, sevgiliden haksız davranışlar görüyor, kırıcı sözler duyuyorsa, bu durumda kendine dönmesini bilmelidir. Değilse, hastalıklı bir saplantı olur bu.

—Aşk bu durumda kimliğini yitirip nefrete dönüşebilir. Bu olasılık çok güçlü görünüyor bana.

—Elbette... Bir masanın üstünü eksiksiz donatırsınız. Beklediğiniz konuk bir türlü gelmiyorsa, ya yemeğinizi tek başınıza tüketirsiniz ya da beklemeyi sürdürürsünüz. Buradaki dramı anlatmak hiçbir sözle yeterli olamaz. Yaşamayan da bilemez.

Eğer sevgili, bizi çok yıpratan davranışlarını yine de sürdürüyorsa...

—Hayır! Biz o kişiliğine karşın bu insanı yine de sevebiliyoruz.

—Çok karmaşık bir denklem bu. Sevgilinin davranışları çok itici değilse, aşk kendi kimliğiyle sürecektir.

—Sevgiliyi olduğu gibi kabullenmektir bu. Ama kendi kimliğimizi hiçe sayamayız. Peki, aşk bunu gerektirir mi? Aşk, kimliğimizi hiçe saymak olabilir mi?

—Böyle bir durum yok. Az önce de belirttiğim gibi, ancak onurlu insanlar aşkı kendi rengiyle yaşayabilirler.

—Sınırsız yaşandığından, hesapsız kitapsız olduğundan, kural tanımazlığından dolayı, insan bir ölçüye kadar kendi değerlerinden vazgeçebilir. Düşünce yapısını yavaş yavaş değiştirir. Bir bakıma değer yargılarını hiçe sayabilir.

—Değer yargılarımızı hiçe sayarsak, yaşayacağımızın aşk olduğuna ilişkin sorgulama da başlamalıdır diye düşünüyorum. Çünkü, değer yargılarımızın içerisinde aşk da var.

Tartışma konumuzu değiştirelim istersen. İnsan yaşamı boyunca bir kişiyi mi sever? Böyle olmadığını biliyoruz. Sen ne dersin bu konuda?

—Aslına bakarsan, birçok aşk vardır, ama sevgili bir tanedir.

—Bunu biraz geliştirelim. Bu durumda sürekli arayış içerisinde midir insan?

—Arayış kaçınılmazdır. Sevgili, insanın beyninde hayal ettiğidir. Karşımıza çıktığında, bize "İşte bu!" dedirtendir.

—İyi ama o beklenen sevgili karşımıza çıktığında hemen tanıyabilecek miyiz? Yanılma payımız yok mu?

—Yanılma payı bence az değil. Sevenin beyninde sevgilinin kimliğine ilişkin çok belirgin olmasa da ipuçları var. Ama bu çoğu zaman yeterli değildir. Şimdi ben sana sormak istiyorum: İnsan yalnızca hayalindeki sevgiliyi bulduğu zaman mı âşık olur?

—Elbette ki hayır. İnsan, başka birini de sevgili olarak benimseyebiliyor. Hayalle gerçek örtüşmüyorsa, aksama kaçınılmazdır. Mutsuz olacaktır. Gizlice arayışını sürdürecektir. Salt bu yüzden nice evlilik hüsranla bitmiştir. Yasak aşklar yaşanmıştır, yaşanacaktır.

—Aksama olacaktır ama başlangıçtaki amaç mutlu olmaksa, ne olursa olsun bulduğumuz aşkta ısrar edeceğimiz söylenebilir. Bu aşk belki zamana yenilecektir. Böyle olursa, tüm anlamlar yitirilecektir. Bütün riskleri yüklenip arayış sürecektir.

—Evet. Bu gerçeğin farkında olmayan insan, aşkı yaşadığını sanacaktır. Yanıldığını belki yaşamboyu farkedemeyecektir. Zor bir durumdur bu. Beni en çok düşündüren, "Ben yanıldım," diyebilmesi için yaşamdan hangi referansları alması gerektiğidir.

—Az önce de konuştuk. Beynimizde bir hayal var. Sevgili olarak yöneldiğimiz kişi, bu hayalle örtüşmeyebilir. Birçok özelliğini taşıyabilir. Ama gün gelir, yanıldığımızı anlarız ya da tam tersi bir durum yaşanabilir...

—Aslında yaşam bütün sevenlere haksızlık yapıyor.

—Bu kanıya nasıl varıyoruz?

—Öncelikle şu: Yaşam, hayalimizdeki sevgiliyi bulmak için hiçbir güvence vermiyor. Ayrıca o kişiyi bulunca tanıma olasılığımız da çok güçlü değil senin de belirttiğin gibi. Bu, kişinin anlayışına, duyarlılığına, bilincine göre değişir.

Aradan bunca zaman geçiyor, sonuç hüsran olabiliyor.

Sevgili Nur, aşka ve toplumsal değer yargılarına ilişkin konuşalım istersen.

—Toplumsal ya da kişisel değer yargıları aşka dönük olmalı. Yazık ki toplumsal değer yargıları açısından karanlık bir tablo çizmek gerçekçi olacaktır.

Kişi eğer toplumun değer yargılarını benimsemişse, bu değer yargılarını kişiselleştirmiştir bir bakıma. Artık kendi değer yargıları olmuştur. Bu değer yargıları aşka karşıysa, o zaman aşk çok ağır bedellerle yaşanır ya da hiç yaşanamaz.

—Toplumsal değer yargıları, kişisel değer yargıları ayrımını doğru yapmak gerekir.

—Eğer kişinin sosyal çevresi -ya da ailesi- aşka cephe almışsa, seven de bu engellemeler karşısında edilgen kalabiliyorsa, toplumsal değer yargıları sözkonusudur diyebiliriz. Kişinin değer yargıları bu aşamada toplumun değer yargılarıyla örtüşmüş demektir. Değer yargılarının boyunduruğunda insan kendini nasıl yaşayabilir ki?

—Sevenler bunu anlayamıyorlarsa, "Seni seviyorum," demeye hakları olmaz. Çünkü, bu sözde çok büyük bir vaat var. Bir de ilişkinin başında söyleriz bunu. İki sözcük ama çok önemli. İçi boş bırakılmazsa, başka anlatımla aşka emek verilirse, çok müthiş bir vaat. Değilse, yıkımdan başka işlevi olamaz.

—Yıkım olmadığı sürece müthiş bir vaattir, aynı görüşteyim.

—Aslında her ilişkide bir risk vardır. Sevgi ilişkisi olsun, aşk ilişkisi olsun risk kaçınılmazdır. Her şey yolunda gitse bile, ölümlü bir dünyada yaşadığımızı unutamayız. Yaşam kaynağımız dediğimiz sevgiliyi her an yitirebiliriz. Mutlak bir risktir bu. Aman Tanrı'm!

—Günümüzde buna ne kadar önem verildiği tartışılır, ideal aşklar dışında elbette.

—Değer verilir ya da verilmez. Aşk, bir uygarlık bütünüdür. Kendi kültürüyle yaşanabilir. Ancak doğru yaşayanlar bunu algılayabilirler, sahip çıkabilirler.

—Kuramsal olarak böyledir ama günümüzde bunu kaç kişi önemsiyor? Biri gider diğeri gelir anlayışı giderek yaygınlaşıyor. Çok yazık!

—Dördüncü tür yaratıkların egemen olduğu dünya toplumlarında -ki neredeyse bütün dünya toplumları böyledir- aşk, çok büyük bedellerle yaşanacaktır.

—Aşk, yaşamın en gerçek kendisiyse, yaşamak adına verilecek en onurlu savaşımsa, mutsuzluğa düştüğümüz anlarda ise tek bir acıya yöneliyor, yaşamın tek düzeliğinden kaynaklanan diğer sorunları unutuyorsak, bunun çok anlamlı bir açıklaması olmalı.

Yaşamaktan çok hissetmek gerekir diye düşünüyorum. "Güneşi sevince ayı da sevemezsin" diye bir kural olamaz düşüncesiyle, aşkta ihaneti savunma düzenceleri geliştirerek böylesine aykırı bir sapmayı bile doğru bulanların yaşadıklarına aşk diyemeyiz.

—Batı'daki değer yargılarını biliyorsun. Maddeye ve cinselliğe endeksli bir yaşam tarzı oluşmuş. İnanılmaz bir bireyci kültür gelişmiş. Bu bireycilikte bile kölelik vardır. Çünkü, maddenin, cinselliğin prangasındaki insan aymaz bir köledir de kendini özgür sanır. Türkiye'de de Batılılaşmaya karşı bir yöneliş var yıllardır. Atatürk dönemini ayrı tutuyorum. Bu güzel insanın döneminde Batı'ya değil, uygarlığa yöneliş vardı. Yasalarımızın Batı'dan alınmasını Batılılaşma olarak niteleyen anlayışı çok sığ buluyorum. Japonya, yurttaşlık yasasını -medenî kanununu- Almanya'dan aldı ama kendi değerlerini çok iyi koruyarak kültürel gelişimini sağladı. Bizde Batı hayranlığı -Batılılaşmadan ayrı bir kavramdır bu- İsmet İnönü döneminde başladı. Bu ayrımı Attilâ İlhan çok iyi anlatır kitaplarında. Batı hayranlığıyla, değer yargıları ülkemizde de maddeye ve cinselliğe odaklandı sonunda. Şimdi soruyorum: Bu çürümüşlükle aşk ne kadar yaşanır?

—İlkel insan ilişkilerini sevgi ve aşk sandılar.

—Bu kadar konuşmadan sonra, bir kez daha aşk nasıl yaşanmalıdır diye sorsam?

—Aşk, sözgelimi mizansenle, maddenin ilâh sayıldığı, cinselliğin ilk aşamada önem kazandığı bir kültürle yaşanamaz sonucuna varabiliriz.

—Aşkın tartışmasız bir doğası var değil mi? Bunu konuşmuştuk.

—Bir gün TV'de bir programda izlemiştim: İki genç birbirini seviyor. Bir süre sonra kızla ilgili dedikodular yayılıyor. Başka erkeklerle de gezdiği ileri sürülüyor. Erkek çılgına dönüyor. Bu söylentilere ilişkin hiçbir kesin kanıt olmamasına karşın kızla bir apartmanın kalorifer dairesinde buluşmayı öneriyor. Diyor ki: "Bizim yaşamamız artık anlamsız oldu. Al şu bıçağı, beni öldür, sonra da kendini yok et." Kız karşı çıkıyor. Erkek ısrar ediyor. Kızın eline bıçağı zorla tutuşturuyor. Ama kız sevdiği adama bıçağı saplayamıyor. Erkek bıçağı alıyor ve kızın tam kalbine saplıyor. İnanılmaz bir trajedi... Bunun neresinde aşk var? Diyelim ki böyle bir mizansen doğaldır. Öyleyse sevdiğini yok eden erkek neden sonradan yaşamayı seçiyor? Hani aşktı? Hani artık yaşayamazlardı? Sahtelik bütün yönleriyle ortaya çıkıyor.

Bir bakıma ruhları temizleme çabası mı bu? Başlangıçta en azından?

—Hiç ilgisi yok.

—Kişinin psikolojik durumu göz önüne alınırsa?

—Burada bir sahiplenme var. "Sen bana aitsin. Başkasına ait olursan ölmen gerekir" anlayışı söz konusu.

—Peki kendi ölümünü neden göze alıyor?

—Seviyor kendince.

—Sahiplenme dürtüsüne kapılan insan, kendini düşünür. Çünkü bu sahiplenmenin çıkmazına düşen kişi bencilliğinden dolayı bunu yapıyordur. Birlikte ölmeyi önerebiliyorsa, burada nasıl bir çelişki var?

—Bir insan aşkı içinde bütün yakıcılığıyla duyuyordur da sahiplenmenin sığlığına düşecek kadar da bilinçsizdir. Aşkı duymak başkadır, aşkı kendi doğasıyla yaşayabilmek başkadır. İçgüdülerin bilinçsizliğiyle aşk yaşanamaz.

—Burada karşılıklı bir aşk yok bence.

—Bu programı ben de izlemiştim. Kızın onu aldattığı kesin değildi. Kaldı ki aldatmışsa artık o sevgili değildir. İlişkiyi bitirmek gerekirdi. Neden bir genç kızın ölümüyle sonuçlansın?

—Aşk bu düzeysizliğe düşmemeli.

—Bursa'da yaşanan bir olayı anımsıyorum. Kız yirmi, erkek otuzaltı yaşında. Kızın ailesi bu ilişkiye karşı çıkıyor. Çok çaresiz kaldıklarını düşünüp birlikte intihar etme kararı alıyorlar. Büyük bir yanılgı bu. Sanırım erkeğin önerisiydi.

Eğer onlar aşkı Bursa toplumunda yaşayamıyorlarsa, başka bir kentte yaşama şansı ararlardı. İstanbul'a, İzmir'e, Ankara'ya ya da başka bir kente giderlerdi. Türkiye'de ya da dünyanın herhangi bir yerinde aşklarını yaşayabilecekleri bir metre kare yer bulamadılar mı?

Belki aşkı biliyorlardı da aşkı yaşamayı bilmiyorlardı. Aşk yaşamak içindir, ölmek için değil. Bu bilinçsizlik, iki sevenin ölümüne neden oluyor.

Ama şu olurdu, yeryüzünün hiçbir yerinde barınma şansları yok, o zaman iki sevdalı yine de aşkta direnmeli, gerekirse birlikte ölmeyi de göze alabilmelidir -intihar değil ama-. Bu olayda böyle bir durum yok.

—Günümüzde böyle bir olayın gerçekleşme olasılığı bana sorarsan hiç yok. Belki Doğu kültüründe bu kadar çaresiz kaldıklarına inanabilirlerdi. Kan davası olarak bilinen olaydan çekinebilirlerdi. Kaçmaya karar verseler de yakalanacaklarını düşünebilirlerdi. Ama bulunabile-

ceklerini sanıp bunu da çözüm olarak görmezler, bu durumda ölümü göze alabilirlerdi. Yoksa, koca bir Türkiye'yi ele alırsak neden bütün toplumlar onlara karşı çıksın ki?

—Evet. Onlar en zor gibi görünen en kolay yolu seçip intihar ediyorlar. Aşkta bu olmamalı. Birbirlerini bilinçli olarak sevselerdi, aşkları için her kavgaya hazır olurlardı. Aşk sığ bir kültürle yaşanamaz.

—*Aslında ben bu toplumun aşkı yaşamaya hazır olduğuna inanmıyorum.*

—Bu tezini doğrulayan bir örnek vereyim: Özel bir TV kanalında aşk tartışılmıştı. Bu programda yazar olarak tanıtılan biri vardı. Aşkı birebir cinselliğe endeksledi. Eşcinsel aşktan sözetti. Aşkın temelinde üremenin olduğunu söyledi. Neyse ki, Ataol Behramoğlu,"Eşcinselliğin neresinde üreme var?" dedi de müthiş bir yanılgıdan dönüldü. Düşünebiliyor musun? Yazar olarak tanıtılan bir kişinin ileri sürdüğü tez, ânında çürütülüyor. Bu insan yazar olamazdı. Yazar her şeyden önce sanatçıdır, derinliği olmalıdır.

Bir başkası -ki bu insan sanatçı olarak lanse edildiağaçların altında neler yaptığını anlatarak aşk adına konuştuğunu sandı. Bir bilim adamı, aşkı yalnızca ilahî aşk boyutuyla inceleyerek renk kattı belki ama programdaki sığlığı gidermeye katkı sağlayamadı yine de. Özetle, dört saatlik programdan ortaya çıkan sonuç: Bu toplum aşkı bilmiyor. Bu uygarlığı konuşmaya bile hazır değil. Bilmediğini de ancak günümüzdeki gibi yaşar, aşk sanır.

—*Aşkta esas olan karşılıklı duygulardır. Ama insan ilke olarak karşılıksız sevmeye de razı olmalıdır. Yaşamın insanlara öngörebileceği en ağır bedel bu olsa gerek. Bedel diyorum, çünkü böyle bir olasılıkta umuda yapılacak yolculuklar derin bir uçuruma yönelecektir. Gerçek aşkı bilen hangi insan bu sınırsız gücün getireceği kahra dayanabilir? Karşılıksız aşk, -ki bunu tutku olarak da görebiliriz- hükmünü ne kadar sürdürebilir?*

—Karşılıksız aşkta seven dış dünyadan soyutlanabilir ama kendi dünyasında kimliğini bulur ve yaşar. Kendini yaşar en çok. Bir insanın varolması, kendini yaşamasıdır her şeyden önce. Mecnûn çöllere düştüğü zaman yırtıcı hayvanlarla konuşuyor, müthiş hüzünler yaşıyordu. Ama bir gerçeğin farkındaydı: Göremese de Leylâ'sı vardı. İçindeki müthiş özlemin öteki adı Leylâ'ydı çünkü. Yaşamak, aşkı yaşamaktır.

—*Karşılıksız aşktan söz ettik. Nereye kadar?*

—Seven eğer doğru kişiyi bulmuşsa, ömrün sınır taşına kadar.

—*Bunu biraz açar mısın?*

—Yaşam seveni aldatamadıysa -şöhretle, maddeyle, sevgili olarak sunduğu başka birisiyle-, aşkını bilinçli yaşıyorsa, bildiği çizgide yürür. Gerçek sevenler yaşama asla aldanmazlar. Eğer sevdiği insan, "İşte bu!" dediği sevgili yıllardır beklediği sevgiliyse, bu aşk bitmez.

—*Bu engellere aldanmadan böylesine umutsuz bir aşkı yaşayabiliyorsak, bu, halk dilinde karasevda olarak adlandırılır, biliyorsun.*

—Adı ne olursa olsun önemli değildir. Bir kavrama ad vermekle içeriği değişmez. Aşkı içimizde duyduğumuz sürece doğasına uygun yaşamalıyız. Ben sevdiğime ulaşamıyorum, o zaman başka biriyle denerim, bu aşkı içimden atarım gibi kaçışlar bana çok aykırı geliyor. Aşkta böyle bir kaçış olmaz. Çünkü, bu düşüncenin temelinde bireycilik vardır. Aşk bireyseldir ama bireyci değildir dedik söyleşimizin bir yerinde.

—*Sevgili Kenan, bu söyleşi için çok teşekkür ediyorum. Senin farklı kişiliğinden yansıyan görüşlerinin sevenlere yardımcı olacağına inanıyorum.*

—Ben de teşekkür ediyorum. Keyifli bir söyleşiydi.

Konuşan: Nur Gezek
Şubat 1998

Barış Kuran-Kenan Kalecikli Söyleşisi

düşLE olarak daha önce yapmadığımız bir tarzı deneyeceğiz ustam Kenan Kalecikli ile söyleşirken. Daha önceden hazırlanan soru yok, tasarım yok, program yok.... Teknolojinin bize sağladığı olanaklarla "gittiği yere kadar" mantığıyla sürdüreceğiz söyleşimizi. Laf lafı açacak yani kısaca. Ama bir girişe gereksinmem var şimdi.

Kenan Kalecikli, 1995'ten beri kendi yayınevinden (şimdi Tek Ağaç Yayınevi'nde) yayımladığı kitaplarla sınırlı sayıda insanın bildiği bir yazar. Ama bilen de bırakamaz ve kimselerin bilmemesine aldırmadan "usta" der ona ve sevdiklerine önerir hemen. Bu bir anlamda yeraltı reklâmcılığıdır ve inancım en yararlı reklâm olduğu yönündedir. Çünkü kâr güdüsü yoktur ve sadece duygularla beğeniler devrededir. Çıkarsız sevginin üretkenliğidir bu.

Kenan ustamın okuduğum ilk kitabını bana 2000'in Mart ayında çok sevdiğim bir arkadaşım, doğum günümde armağan etmişti. Doğum günlerinde hep "güzel" armağanlar verildiğini bir kez daha anladım **Kartpostal Yazıları***'nı bir çırpıda okuduğumda.*

"(...)

Sen...

Akşamın alacasında ya da gecenin giz dolu sessizliğinde hüzünler dayanılmaz ağırlığıyla çökünce, uğruna uslanmaz çocuklar gibi ağladığım..."

—Sevgili ustam, yazılarınızdan sizi tanıyan insanlar bile size dair pek bir bilgiye sahip değil. Hoş, yapıtları bir yana bırakıp yazarını tanımanın da anlamı yok bir bakıma ama, hem bir giriş hem de özgeçmişinizin tarzınıza yarattığı etkileri sonradan değerlendirmek açısından böyle başlamak istiyorum söyleşimize.

—Sevgili Barış, bu bir tavır aslında. Ben yazarın kim olduğunu önemsemem. Kimdir? Nerede doğmuştur? Nasıl yaşar? Hangi okullarda okumuştur? vs. Bu olsa olsa yazara ilişkin magazin kokan bilgilerdir ya da bir öğrencinin yazarın bir yapıtının özetini çıkardıktan sonra öğretmenin istemiyle özgeçmişini araştırması bakımından önem taşıyabilir, hepsi bu! Aslolan yazarın ortaya koyduğu üründür, öyle olmalıdır. Sözgelimi, Murathan Mungan çok iyi bir yazardır, her zaman severek okurum onu. Çevremde inanılmaz bir tepkiyle cinsel kimliğinden dolayı dışlandığını da gördüm. Bunlar gerçek edebiyat okuru değillerdi elbette ama çok yadırgadığımı belirtmeliyim. Bu nedenle yazarın kim olduğunu önemsemem diyorum. Aslolan sanatsa, o zaman ortaya konan yapıtın sanat değeri birincil önem taşımalı değil mi?

Ben özellikle gizemli kalmak için bir çaba içinde değilim, hiç olmadım.

Bundan bir yıl öncesine kadar cep telefonumun numarasını kitaplarımda yayımlıyordum. Bu, dünyada bir ilkti. Nicesi şaşkınlığını gizleyemedi. Gerçekten de beni çok büyük sıkıntıların çıkmazlarında bırakabilecek bir girişimdi bu. Okurumdan saklanmadım hiç. Aykırılık benim doğamda var. Zorlama bir şey değil bu. Kitaplarımda kendime ilişkin bir bilgi demeti sunarken, "Bir dünyalı o" diye başlamam biraz da bu nedenledir. Okurumun benim kimliğimle değil ortaya koyduğum ürünle ilgilenmesini istememin, kendimi ikinci plâna çekme çabamın da bunda payı var.

—Söylediğiniz gibi kişinin birincil olarak incelenmesine ben de kesinlikle karşıyım ustam. Ancak bu biraz da okuyucunun tavrıyla ilgili değil midir? Örneğin Yaşar Kemal'in Çukurova'da doğup büyüdüğünü bilmek onun yazılarındaki karanlık yanları aydınlatmaya ve okuyucunun farklı bilgileri eserle birleştirip daha çok sarsılmasını sağlamaz mı? Yazarın doğduğu iklim, yaşadığı ortam ve tarih dönemi sözcüklerinin süzgecini anlamamıza yardımcı olmaz mı? Murathan Mungan'ın şiirlerini okurken yakalanması gereken esinti belki onun cinsel kimliğini bilmemizden geçiyordur. Yazarı anlamak için, -ki yazardan kasıt özellikle bir şairse bu daha da önemlidir- yazarı kısmen tanımak gerektiği düşüncesindeyim. Ama bu gerekliliği "magazin olsun" mantığıyla ele alanlara yaklaşımım aynı sizinki gibi "edebiyat okuru" olmadıkları yönünde olacaktır zaten. İnsan; dil, din, ırk ve cinsiyetten önce insandır en başında. Barış Manço'nun da bir

şarkısında taşladığı "senin memleket nire?" sorgusunun ve bu sorgunun yanıtına göre bireye sergilenecek tavrı siz de kendinizi "bir dünyalı" olarak tanımlayarak gerçekleştirmişsiniz. Peki farklı bir açıdan Albert Camus'nün de "Mutluluk, bir yerde ve her yerde, hiçbir şey beklemeden dünyayı, insanları sevmektir," genellemesiyle desteklediği bu hümanist tutum, sizin aykırılığınıza zarar veriyor mu? Çünkü aykırıklar sonuçta toplumun bellediği kuralların bireysel olarak uygulanmamasıyla başlar. Ne dersiniz?

—Anladım. Haklısın da. Aslında aynı kaygılar içerisindeyiz. Ben özgeçmiş bağlamında yazılanları anlamsız bulduğum için tepkiliyim, senin gibi. Yalnız, burada bir açılım getirmem gerekir sanırım: Benim yaşama karşı protest tavrımın bir yansımasıdır kendiliğinden gelişen gizem. Adına madde dini dediğim kapitalist vahşete karşı nice insanda gördüğüm yabancılaşmaya, maddeci kirlenmeye karşı sergilediğim duruş, sıradan bir özgeçmiş boyutunda kalmama engel aslında. Her şeyden önce aşkı yazan bir insanım. Aşkın tek sığınak olarak algılandığı bir yaşam biçiminde bildik özgeçmiş sığlığını kusuyorum iyiden iyiye.

Gerçek anlamda bir özgeçmiş hazırlama kültürü yok bizde. "Nerede doğdu, hangi dergilerde yazdı, ilk kitabını ne zaman çıkardı vs" türünde bir tanınmayı anlamsız ve içi boş buluyorum. Benim kültürel donanımımın beslendiği kaynaklara ilişkin bir dökümse sözkonusu olan, buna sözüm olmaz elbette.

Önce dünyalıyım, sonra Türkiyeliyim. İnsanı yıkan, azaltan, çürüten bütün etkenlere karşı savaşıyorum.

Yeryüzündeki karmaşanın nedenlerini iyi biliyorum. Sonra ülkeme ve ülkemin üzerinde oynanan oyunlara karşı duyarlıyım. Benim kültürümü oluşturan etkenler bunlarla besleniyor. Hep böyle oldum.

Madde dinine karşı direnişimin kendimce güçlü olması, dahası varolduğuma inanmam için ruh ikizimi bulmam gerekir. Bu durumda aşk kimlik kartımın çok önemli bir ögesi olarak devreye giriyor. Bunlara önem veriyorum. Değilse, özgeçmişim yok benim. Buna öylesine inandım ki hiçbir etken direnişimi kıramıyor, kıramaz. Tek bireyselliğim bu değil elbette. (Bireysellik bireycilikten başka bir şeydir, yazık ki bunu karıştıran çok kişi gördüm.)

Eğer varsam, insana ve bütün canlı türlerine duyarlı olduğum içindir. Bu iletinin altında yatan birikimi yazıyorum işte. Bir sokak çocuğunun hangi etkenlerle suç ögesi durumuna geldiğini, hızla çürüyen ve çöken aile kurumunu sorguluyorum. Çarpık ilişkilerin topluma hangi bedelleri ödettiğini resmediyorum her kitabımda ayrı ayrı.

Kısacası, bir yazarın özgeçmişi hazırlanacaksa öğrencilerin ödevlerinden başka bir şey olmalı bu.

—Kenan Kalecikli okuyan zaten ilk cümlesinde bir "aşk" sözcüğü bulundurur onu anlatırken. Siz de böyle yaptınız ve özgeçmişinizi aşka bağladınız.

Aşkı konuşacağız bolca. Ama hemen o büyük kara kaplı kitabı açmak istemiyorum. Aşktan daha önemli bir konu zihnimde yok ve ben bu yüzden aşkı sona saklamak istiyorum.

"Madde dini..." Soyutun gittikçe yerini somuta bıraktığı bir çağ... Sanatın kör kuyuya düştüğü, erdemlerin yerle bir olduğu bu televoleci düzen. Sanatı da emeği de sömüren, kavgaya kışkırtan sonra da cezalandıran toplumsal yaşam biçimi. Böyle bir dönemde yazar olmanın, yapıtlarla insan duygularını beslemeye çalışmanın zorlukları neler? düşLE Forum'daki bir açıklamanızda Türkiye'nin %2,5'inin kitap okuduğunu söylemişsiniz. Aşağı yukarı doğru bir istatistik. Sonuçta olayın ekonomik etkisi çok büyük, -ki benzer bir istatistiğe göre Türkiye'nin %90'ı yoksulluk sınırında ya da bu sınırın bile altında. Yani bu %90 sadece karnını doyurabiliyor. Bu da insanların karar verme ve seçme özgürlüklerini sıfıra indiriyor, toplumu köleleştiriyor. Bilinç gittikçe düşüyor. Sonuç, televoleci zihniyetin zaferi. Yazar, her şeyden önce böyle bir kitleye karşı kalemiyle karşı durmaya çalışıyor. Hatta "yazar" olarak nitelendirilen isimlerle bile savaşmak zorunda kalıyor.

—Madde dini... Bir başka anlatımla insanın en müthiş sınavı. Kimin ne kadar insan kaldığına ilişkin yüzlerce yıldır yürekleri sınayan ilkellik.

Kapitalizmden önce de vardı bu ilkel din. Nicesi daha ilk sınamada yenildi, kendine yabancılaştı, ömrünü bu anlamsız, ilkel ve yabanıl dinin kuşatmasında geçirdi de adına "yaşamak" dedi. Ben günümüzde madde dininin en belirgin görüntüsü kapitalizm olduğu için madde dini kavramıyla buna vurgu yapıyorum.

Marks, birçok yazısında insanın kendine yabancılaşmasını inceledi. Bu konuda en kapsamlı yazansa Erich Fromm'du. Kitaplarında bıkıp usanmadan anlattığı, madde dininin insanı güzele, iyiye, doğruya ama en başta kendine aykırılaştıran yabancılaştırmasıydı. Aslında bu düşünürlerden önce tek tanrılı dinlerde de maddeye karşı bir tavır vardır. İnsanı iyiye yöneltmenin altında yatan gerçek, kendisi olmasıydı. İnsan iyidir çünkü. Günümüzde eğer yaşadığımız gezegen bir çöplüğe dönüştüyse, bunun nedeni insan görünümündeki ama aslında insana çok uzak düşmüş, kirlenmiş, hasta ruhlu yaratıkların (ben bunlara dördüncü tür yaratıklar diyorum) yeryüzündeki egemenliğidir. Bundandır, Afrika'da 30 milyon insan açlıkla boğuşuyor, ortalama insan ömrü 35'lere kadar düşebiliyor. Her gün 24 bin insan açlıktan can veriyor. Uygar sandığımız ülkeleri yönetenlerse, gözlerini sımsıkı yummuşlar gibi bu insanlık dramını görmezden geliyorlar. Bunun adı vahşettir.

Kapitalizmin en ileri aşaması olan sömürgecilik, bir insanlık suçudur. 18. yüzyıla ait haritaları incelerseniz, baştan sona bütün Orta ve Lâtin Amerika'nın, Afrika'nın, Hindistan ve Çin başta olmak üzere birçok Doğu ülkesinin sömürge olduğunu görürsünüz. O dönemde İngiliz sömürgeciliği çok etkindi. Günümüzde ise İngiltere, Amerika'nın işlediği insanlık suçlarının birçoğunda bu ülkeyle işbirliği yapmaktadır. Özetle söylemek gerekirse, madde dini önce bireyi kirleterek kendine yabancılaştırır, hasta eder, sonra bütün dünyayı kirlenmiş yaratıklarla doldurarak çöplüğe dönüştürür. Sonuç, bugünkü dünyadır. İşte ben buna başkaldırıyorum. Ne yazdığımı biliyorum, neden yazdığımı da. İnsanı savunuyorum, kirlenmemeye kararlıyım, herkesi de bu direnişe çağırıyorum. (Büyük etikçi Albert Camus'nün bir sözünü anımsadım şimdi: "İnsanı savunuyorum, çünkü düştüğünü gördüm," diyordu bilge.)

Aşk bu bağlamda önem kazanıyor işte. Kim ki aşkı salt iki kişi arasındaki duygu bütünleşmesi sanıyorsa yanılgıdadır. Temelinde evrensel bir sevgi barındırmayan aşklar gerçek değildir çünkü. Temel içgüdünün belirlediği, yararlanmayı amaçlayan, bir yanılsama ya da bilinçli bir aldatmalar bütünü olabilir ancak. Gerekirse bu konuya yine döneriz.

Konu çok geniş eksende düşünülmesi gereken bir ağırlık taşıyor. Ben ana çizgileriyle bunları söylemekle yetineyim.

Televole kültürüne gelince, madde dini insanların beyinlerini uyuşturup sömürüyü sürdürmek isterdi elbette. Tutunabileceği bir sığlıktan medet umardı. Böylesine ilkel bir dinin bunu (televole kültürünü) dayatmasından doğal ne olabilirdi ki? Yalnız ülkemizde değil, bütün Batı ülkelerinde ve yazık ki artık Doğu ülkelerinde de kültürsüzleştirme politikaları giderek yaygınlaşıyor. Sonuç televole kültürünün utkusu değildir bana sorarsan. Bir iflâs utku olamaz ki.

İnanıyorum, bir gün insanlık ayağa kalkacaktır. İşbirlikçi, bu insanlık suçuna bütün varlığıyla ortak olan görsel ve yazılı basın da kendi köleliğini onaylayacaktır.

Sevgi Devrimi insanlığın biricik umududur. Gelecek çağlarda içinde bulunduğumuz çağ çok kötü notlarla anılacaktır kuşkun olmasın.

Madde dininin kölesi olmuş kişiler arasında elbette yazarlar da var. Ben bunları çok iyi tanıyorum. Her ortamda bunlara karşı tepkimi belirtiyorum. Kimi sömürgeciliğin kalemşoru olmuş, halkımıza sonu felâketle bitecek küreselleşme masalları anlatıyor, kimi çürümeyi aşk diye satıyor, "tehlikeli masallarda" insanı ve kadını aşağılıyor. Bunu öyle ustalıkla yapıyor ki bir otel odasında erkekle buluşup çiftleşen kadın özgür sayılıyor. Televole kültürünü aşamamış birileri de bu adamı kadınları en iyi tanıyan yazar olarak algılıyor. Kadın bu mudur? Kadının özgürleşmesi böylesi bir ilkel arayışla özdeş olabilir mi? Köleliğin yeni bir boyutunu özgürleşme olarak tanıtmak ne büyük kandırmacadır. Duygu nerede? Aşkın derinliği hangi boyutta saklanmış olabilirdi de biz gör(e)me(z)dik? Gerçek bir aşk öyküsü olan "Ferhat ile Şirin"deki Ferhat'ın yüreği, olmazı olur yapan istenci ve kararlılığı hangi çağda kaldı da köleliği, insana aykırılığı, giderek çürümeyi aşk olarak yutturmaya çalışıyor(lar)? Aristotales'ten Schopenhauer'a, onun öğrencisi Niezstche'ye kadar kadını aşağılayan (ve böylece) felsefede de temelini bulan ilkel düşüncelerin bilinçaltını kim, ne kadar araştırmış olabilirdi?

Başka bir örnek, "Ben vatanımı sevmem" diyen birine siz ne söylersiniz? TV'deki tartışmalarda görüyoruz, adama "Sen Amerikancısın!" diyorlar, gülümsüyor. İğrenç! Bir başkası çıkıp "liberal" olduğunu söyleyerek sömürü adına kirlenmemiş insanları da tuzağa düşürmeye çalışıyor. Hangi birini sayalım?

Madde dininin egemenleri güçlü görünebilirler. Dolayısıyla kendilerine hizmet edecek satılık kalemler bulmaları hiçbir zaman zor olmaz. Ama onlara kötü bir haberim var: İnsan tükenmeyecek. Böyle bilinsin.

—Aslında tüm bu sistem bozuklukları kesinlikle sizin de belirttiğiniz gibi nüfus kağıdı ayrımlarına, bireyselliğe dönüşle başlıyor. İnsan bir başkasının sırtına basarak

yükselmeye çalışıyor ve hiyerarşi, feodalizm gibi temeli totalitarizme dayanan sistemler ortaya çıkıyor. Ve bu sistemler ellerindeki güç ile tarihi değiştiriyor, beyin yıkıyor, bilinçsizleştiriyor. Sonuç olarak geriye kalan bir avuç zihnin kızgınlığı ne ifade eder? Yumruk olmadan bu köleleştirme politikalarına karşı durmamız kırılmamıza neden olmaz mı? George Orwell'ın "Bin Dokuz Yüz Seksen Dört" adlı yapıtının sonunda olanları anımsayın. Umarım, bizim bile görebileceğimiz bir dönem içerisinde yaşanılır duruma gelecek bir dünyadır Orwell'in bize anlatmaya çalıştığı. "Savaş barıştır; özgürlük köleliktir; bilgisizlik, güçtür," dayatmasında yaşıyoruz.

Suya Yazılan Mektuplar'da "umut içinde umutsuzluk insanı çok yıpratıyor" demişsiniz. Bu yıpranma sonucu insanın içinde dönem dönem "keşke bilincim bu kadar yerinde olmasaydı da bu acıları yaşamasaydım," düşüncesi hareketleniyor. Artık kaba güç politikaları değil uygulanan. Psikolojik bir baskı var üzerimizde. Öyle ki yıllardır süregelen savaşlar sonunda halk toplu kıyımları görmeye alıştı. Televizyonlar kapatılıyor, haber bültenleri bile magazin programına dönüştü. Şarkılar bir duygudan çok, sürekli yinelenen içi boş pazarcı kişilikle üretilmiş sözlerden ibaret. Bunun sadece Türkiye için böyle olduğunu sanmak son derece büyük bir yanlış olacaktır. Dünya genelinde varolan bir yıkım bu. Gittikçe sıfıra yaklaşan değerler ve bunların üzerinde anlamsız biçimde değerlenen saçmalıklar. "Bizi sevgi kurtaracak" diyorsunuz sevgili ustam. Ancak sevgi de bu yozlaşma içerisinde hilkat garibesine dönüşmedi mi? "Cep telefonun fatura dönemi kadar süren aşklar"ın içinde *hangi sevgiden bahsediyoruz? Belki yaşadığımız çağın gereği budur ve biz hâlâ Ortaçağ yürekleriyle karşı koymaya çalışıyoruz buna. İnsanlık sürekli değişimler içinde yeni rejimler ve yaşam standartları bulmuştur kendine. Bu durmak bilmeyen bir devinimdir. Rejimler yıkılır, sistemler değişir... Ama "aşk hep sabit kalacak" demek istiyorum ben.*

—Sevgili Barış, öyle önemli bir soru yöneltmişsin ki, yanıtını bütün ögelerine tek tek değinerek vermeye kalksam sayfalar tutacağını ikimiz de biliyoruz değil mi? (Bu soruna vereceğim yanıt bir önceki soruna verdiğim yanıtla ortak noktalar taşıyor. Ben bunu pekiştirme olarak algılıyorum.)

İnsanlığın binlerce yıllık dramını bir söyleşide nasıl özetleyebileceğimi düşündüm bir süre. Sanırım taşları doğru yerlere koyarsam bunu bir ölçüde başarabilirim.

Temelde asıl soru, "insan kimdir?" sorusu olmalı, bu soruya verilecek yanıtla içinde bulunduğumuz gezegeni yorumlamalıyız.

İlkçağ düşünürlerinden çağdaşı olduğumuz düşünürlere kadar nicesi bu soruya yanıt aradı. Ruhbilim ve toplumbilim, kendi ilgi alanlarında yığınla bulguyu serdi insanlığın önüne. Bunlar yazında öyle yer ettiler ki kütüphanelerde bir araştırma yapmaya yeltenecek kişinin yıllarını ayırmasını gerektirecek yoğunluğa ulaştı.

Marks, bütün dünyada çok ses getiren "yabancılaşma"ya ilişkin görüşlerini yazarken tarihteki ve insandaki birçok olay onun bulgularına kılavuzluk ediyordu elbette.

Daha sonra yeryüzünün tartışmasız en görkemli bilgelerinden biri olan Erich Fromm, yabancılaşmaya çok önem verdi, bu düşünceyle karınca titizliğinde işlediği kitaplarını kazandırdı insanlığa. Yine de temeldeki "Neden?" sorusuna kesin bir yanıt vermiş sayılamazdı.

Bir iki örnek vermek istiyorum: Bakın yaşadığımız döneme. TV'lerin haber bültenlerini birkaç gün dikkatlice izleyin, neler göreceksiniz? "Irak'ta Amerikan askerlerinin ne işi var?" diye sorsanız sizi yadırgar nicesi. Ama öyle bir ilkelliğin resmidir ki bu. (Yine de artık kanıksanır oldu sanırım.) Sömürgeciliğin resminden söz ediyorum. Olay yalnızca sömürgecilikle sınırlı da değildir. Macellan ve diğer gemiciler yelkenli gemilerle okyanuslara açıldıklarında nasıl bir başlangıca imza attıklarını elbette bilemezlerdi. Ünlü fizikçi Einstein (Aynştayn)'ın atomun parçalanmasıyla insanlık tarihinin hangi vahşetlerle yazılacağını bilmediği gibi. (Amerika kıtasına ayak bastıktan sonra Kızılderilileri kitlesel kıyımlarla yok den "beyaz adam" kimdi, neyi temsil ediyordu?')

Bir tarihçinin yaptığı araştırmanın sonucu, insanlığın hangi iflâslarda dibe vurduğunu net biçimde gösteriyor aslında: Son 5000 yıllık insanlık tarihinde barışla geçen yılların toplamı yalnızca 289 yıldır. Hadi o temel sorumuzu bir kez daha soralım: "İnsan kimdir?" (Konudan konuya geçmiyoruz, böyle düşünen varsa diye söylüyorum. İnsanlar bilinmeyenlere doğru değerler yükleyerek denklemi çözsünler için ipuçları veriyorum.)

İnsanı kutsal kitaplarda araştırdım kaç zaman. Musevilerin Tevrat'ında, Hristiyanların İncil'inde ve Müslümanların Kur'an'ında. Hepsinin ortak özelliği, insanı "iyiye" yöneltmesiydi. Ama Kur'an, bunların arasında çok önemli bir nedenle öne çıkıyordu araştırmamda. Çünkü Kur'an'da, "insanoğlunun, yaradılmışların en onurlusu" olduğu belirtilir. Birçok yerde de insanın zalim ve nankör olduğu saptaması geçer. Yan-yana gelince çelişki değil mi? Ama aynı kaynağın bütününü okuyunca çelişki kendiliğinden ortadan kalkıyor, benim ve nicesinin aradığı yargı ortaya çıkıyor: "Bir insan ya gerçekten insandır ya da hayvandan aşağıdır." (Bu arada yeri gelmişken belirteyim, Kur'an hayvanı aşağılamaz; buradan çıkarılması gereken, insanın hayvandan üstün olması gerektiğidir. Çünkü insanın aklı vardır.)

Kapitalizm bir madde dinidir. Öyle bir ilkel dindir ki bu, aslında çeşitli dinlerden milyonlarca kişi bu dine inanarak insanlıktan çıktı, özüne yabancılaştı, ilkelleşti ve aşağılık bir canlı türü oldu. Bunlar "dördüncü tür yaratıklar"dır. Yeryüzünün egemenliği bu ilkel ve sevgisiz yaratıklarda olunca yaşadıklarımıza şaşırabilir miyiz? Denklemin çözümü budur işte.

Herkesin içinde bir komprador olduğuna inanıyorum. İnsan, kendi kompradorunu yenebildiği kadardır yalnızca, daha çok değil. Ancak o zaman maddenin kirinden arınabilir.

İslâm öğretisinde insan, Tanrı'nın -ki ben ona "Sonsuz Sevgili" diyorum- yeryüzündeki halifesidir. Bunu ilk okuduğumda ürpermiştim.

"İnsan, Tanrı'nın yeryüzündeki halifesidir..." Sonsuz Sevgili'nin yeryüzündeki halifesi olan insan eğer yeryüzüne egemen olabilseydi yaşanan bunca dram tarih sahnesinde yer alabilir miydi? Elbette ki hayır. Öyleyse, dördüncü tür yaratıkların kimlik saptamasını doğru yapmak gerekir. Onlar ki insan suretindedirler ama asla insan olamayacak kadar kirlenmişlerdir. Maddenin kiri onları özlerine o kadar yabancılaştırmıştır ki, artık doğru ve olması gereken kimliklerini bulmaları olanaksızdır. Sokak çocukları, hayat kadınları, ikili ilişkilerdeki yapaylıklar, gezegenimizi gittikçe yaşanmaz yapan sömürü ve vahşet, hızla kirletilen ve tüketilen doğa, literatüre bile giremeden yok olup giden bitki ve hayvan türleri. Kısaca tepeden-tırnağa binlerce yıllık iflâs, bu yaratıkların getirdiği sonuçtur. Madde insanı yenmiştir. Kalemini satan işbirlikçi yazı esnafına, sömürgeciliğin ülkemizdeki ve dünyadaki temsilcilerine nefretim boşuna değildir.

Tüm bunlara karşın kirlenmeden kalabilen ve adına insan dediğimiz canlı türünün uygarlığıdır sevgi. Elbette aşk da... Dolayısıyla, insan yeryüzünde azınlığa düştüğü için sevgi ve aşk, azınlık uygarlığı olabilirdi ancak.

Şimdi, sorundaki bir sözü sorgulayacak aşamaya gel(ebil)dik sanırım: Sevginin yozlaşması... Hayır sevgili Barış! Sevgi yozlaşmaz. İnsan yozlaşır ve insanlıktan çıkarak dördüncü tür bir yaratık olur. Sevgi ve aşk insandan bağımsız uygarlıklardır. Bu uygarlıklara yürümesi gereken, kirlenmeyi reddederek özünü koruyan insan(lar) olabilirdi ancak. Aşka gelince, "bir cep telefonunun fatura dönemi kadar süren" yakınlaşmalar cinsel içgüdü olabilirdi, ama asla aşk olamazdı. Belki bir heves, günü birlik ilişkiler demetidir ama aşk değil. Asla!

İlk gençlik yıllarında aşk bizim için tek mutluluk kaynağıydı. Şimdiyse, yaşadığımız evrensel kirlenmeye karşı bir sığınmadır. Çünkü bunca kirlenmeye gözlerimizi kapatamayız. Sevgiliyle kol-kola gezerken önümüzde yürüyen bir sokak çocuğunu görmezden gelemeyiz sözgelimi. Haber bültenlerini izlerken "Bize ne!" diyemeyiz vs.

Sevgi Devrimi sözüyle insanın maddeyi yenmesini ve özünü bulmasını, binlerce yıllık yabancılaşmayı sona erdirmesini vurguluyorum. İnsan bunu yapabilir, yapmalıdır da. Tek seçeneğidir bu.

Amerika'nın ve İngiltere'nin öncülük ettiği sömürgecilik, tıpkı kaynaklandığı ilkellik gibi, kapitalizm gibi bir insanlık suçudur. Bu madde dininin bütün kurum ve kurallarıyla tarihin çöplüğüne atılması, insanlığın biricik şansıdır. Bu ülkelerin ürünlerine uygulanacak boykot, bir çıkış, bir umut olabilir. Çünkü bu sömürgeci ülkeler ekonomik olarak çökertilirlerse insanlık ayağa kalkabilir. (Bu boykot evrenselleşirse Amerika'nın nasıl çöküp dağıldığına tanık olacağız.) Bu nedenle ben kendi adıma Amerikan kolası içmiyorum, Mc Donald's'ta ve diğer çok uluslu sermayenin kuruluşu olan yerlerde hamburger yemiyorum, Amerikan sigarası içmiyorum. Ülkemde Amerikan şirketlerine satılan markaların hiçbir ürününü tüketmiyorum. Marketten alış-veriş yaparken üreticisine bakıyorum. Yabancı ortaklı üreticilerin ürünlerini asla almıyorum. Boykot, yalnızca Yankee'nin vahşetlerine yeni bir örnek eklediği zaman akla gelmemeli, sürekli olmalıdır. (Unutmayalım ki, çok uluslu birçok şirket, Amerika'nın sömürgeci ataklarında finansman sağlamakla insanlık suçuna ortak olmaktadır. Çünkü amaç aynıdır: Sömürü ve bunun sürmesi için kendi aralarında işbirliği.) Buradaki sözlerimden vahşetin bitmesi için tek gerekliliği belirttiğim anlamı çıkmamalı. Ama bir boyutudur bu. Aslolan, insanın içindeki kompradoru yenmesi, benliğini koruyarak insana, uygarlığa yürümesidir. (Yeri gelmişken belirteyim: Ben "Hadi herkes birbirini sevsin, sevgi içerisinde yaşasın," gibi bir önermede de bulunmuyorum. Çünkü sevgisizliğin temelindeki kaynak olan madde dini varlığını sürdürürken çürüme kaçınılmazdır.)

Küreselleşme, sömürgeciliğin son aşamasıdır. Ama masal bitiyor artık. Birçok ülkede küreselleşme karşıtı yürekli ve onurlu insanlar direniyorlar, direnecekler. Bir kez daha söylüyorum, insanlık maddeyi yenecek, yenmelidir. Sonrası, insandır. Sevgidir, aşktır. Selâm onlara. Selâm insana!

—Henüz yazım aşamasında olan "Aşkın Ömrü Yüreğiniz Kadardır" adlı kitabınızda bunlardan mı söz ediyorsunuz peki? Hem önemli bir taşlama havası da var. "Aşkın Ömrü Üç Yıldır" adlı bir kitap vardı. Tam olarak yazarını anımsayamıyorum şimdi. Aşkı tüm olguların üzerinde tutan insanların bu kitaba, en azından kitabın adına karşı takınacakları tavır yazarı suçlayıcı olabilir. Zaten sizin kitabınız da doğrudan yanıt niteliğinde.

—İnsanın kimliğini sorgulamadan aşkın anlatılamayacağını öğreneli çok zaman oldu. Üzerinde çalıştığım kitap da az önce belirttiğim insana ilişkin kimlik saptaması elbette yer alacak, almalı. Sonuçta bir aşk çözümlemesi olacağı için özele inmek gerekecektir. İnsanın kimliğine ilişkin saptamalardan sonra binlerce yıldır bütün toplumların kültüründe yer alan yanlışların ortaya konması gerekecek. Zorlu bir iş bu. Nasıl ağır bir taşın altına elimi koyduğumu biliyorum.

Binlerce yıldır birikerek günümüze kadar gelen insan kirlenmesinin (maddeci kirlenmenin) kendi yazınını (edebiyatını) üretmemesi beklenemezdi. Nitekim üretmiştir de. Oscar Wilde'ın bir kitabı vardır: Violette'in Aşk Destanı. Bu romanı ilk elime aldığımda müthiş bir aşk kitabı okumayı umuyordum. Yazan usta bir yazar, konu da aşk olunca böyle ummam doğaldı. Ama daha kitabın ilk sayfalarında nasıl bir düş kırıklığı yaşadığımı anlatamam. Wilde, romanına bir önsöz yazmış ve demiş ki: "Bu roman, genç kızlara göre değildir." Onların okumasını sakıncalı bulduğunu belirtmiş yani. Çünkü ne yazdığını elbette biliyordu. Erotizmi de aşan bir pornoyu aşk sanacak kadar budalaydı. Onun kalemine güvenen biri için ne müthiş bir düş kırıklığıdır bu. (Bir aşk kitabı genç kızlara neden sakıncalı olsundu ki? Aşk insan içindir. İnsanla diğer canlılar arasındaki en belirgin farktı aşk.)

Aşkın Ömrü Üç Yıldır adlı hiçir yazınsal değer taşımayan piyasa romanı, Frédéric Beigbeder'nin çalışmasıydı. Aklınca olaya bir de bilimsel bir dayanak bulmuş, aşkta insanlarda oluşan feromonların en çok üç yıl sürdüğünü, sonra da aşkın bittiğini vurgulamış. Ama düşünememiş, aşk mı bu feromonları üretiyordu, bu feromonlar mı aşkı yaratıyordu?

Can alıcı sorudur bu, ama buna ilişkin hiçbir felsefik tez tartışmasına giremeyecek kadar sığ bir kitaptı romanı. Kitabın sonlarına doğru, aşk sandığı cinsel içgüdünün sürmesi için kendince bir çözüm buluyor: Kontrollü zina.

Bu kitap skandaldır. İnsana, taşıması gereken değerlere inanılmaz bir saygısızlıktır. Batı'nın çürümüşlüğünün, maddeye ve cinselliğe taparak nasıl köleleştiğinin kanıtıdır biraz da. Bizde Ahmet Altan'ın yazdıklarını da bu eksende değerlendirmek asla haksızlık olmaz ona karşı. Televole kültürünün, insanın özüne karşı gelişen ve cinnet boyutuna ulaşan yapılanmanın beslediği yazarlar bunlar. Bu kirlenmenin kendi kültürünü ve yazınını üretmesi sonucunda yazık ki insanlarca ilgi görebiliyorlar. (Eğer insan doğru kimlikle varolabilseydi, porno bir kitap aşk kitabı sanılabilir miydi? Bir yazar (!) çıkıp da aşkın -aslında aşk sandığı çiftleşmenin, cinsel içgüdünün- üç yıldan uzun sürmesi için "kontrollü zina"yı öngörebilir miydi? Ahmet Altan gibi bence usta bir deneme yazarının son dönem romanlarında kendini erkeğe sınırsızca veren cinsel köleleri yazdığı için kadını çok iyi tanıdığı sanılabilir miydi? Aşkı yazdığı söylenebilir miydi? vs.)

"Aşkın Ömrü Yüreğiniz Kadardır", bütün bu sorulara ve daha nice soruya yanıt getirecek. Bir aşk belgeseli olacak bu çalışma. Tümüyle belgeli, insanlık tarihinin en müthiş aşk kitabı olacak. Kitabın tanıtımında diyeceğim ki, "Yaşamla, aşkla ve kendisiyle yüzleşmekten korkmayanlar için."

Sonsuz Sevgili beni utandırmasın. Aşkı yazmanın ne kadar zorlu bir çaba olduğunu elbette biliyorum.

—Tüm bu sorgulamaları gerçekleştirdiğiniz arenada sizin üslubunuzda biz hep aşkın yanında yine sizin sözlerinizle bu "madde dini"nin eleştirilerini de gördük. Öyleyse "Kenan Kalecikli, aşkı anlatırken tek bir kalem ola-

rak almıyor ve kendini, duyumsadıklarını anlatıyor 'Sonsuz Sevgili'ye..." diyebiliriz. Yukarıda değindiğimiz kitaplarda betimlenen aşk bir yana, aslında cinselliği de aşkın içinde saymamız gerekiyor. Peki Kalecikli hiç cinselliği kullanmadı mı kitaplarında? Bu sorudan varmak istediğim nokta şu: Kısmen tasavvufa dönüşmüş, yani benlikçe doğurulmuş, büyütülmüş bir aşkın izleri mi Kalecikli'nin "Sonsuz Sevgili"si?

—Yazılarımda, neredeyse bütün kitaplarımda "madde dini"ni eleştirdiğim doğru. Bunu neden yaptığımı da anladığını biliyorum artık: İnsanı özüne yabancılaştıran bütün oluşumlara karşı bir duruştur bu. Değilse, aşkı yazamazsınız. Yazdığınızı sanırsınız ama yazamazsınız. Daha önceki bir soruna yanıt verirken bunun gerekçelerini de kendiliğinden açıklamış oldum sanırım.

Hadi taşları doğru yerlere yerleştirerek denklemi bir kez daha kuralım mı? En başta şunu belirteyim, herkesin doğrusu kendinedir. Sonuçta insan kendi doğrularıyla yaşamıyor mu? Ama burada beni ilgilendiren çok önemli bir olgu daha var: "Kendi doğrumuz" saydığımız doğru(lar) nesnel doğruyla ne kadar örtüşüyor? Bu o kadar önemli ki. Peki nedir nesnel doğru(lar)? Herkesçe bilinmesi gereken, tartışmasız doğru(lar) değil mi? İşte felsefe burada başlıyor. İleri sürdüğü bir doğrunun felsefik alt yapısını kurmakla yükümlüdür yazar. Bunu yapamıyorsa, aşk sözleri de "Ben sana hayran, sen cama tırman" ucuzluğunun tuzağına düşecektir kaçınılmaz olarak.

Aşkı çok geniş bir bakış açısıyla değerlendirebilirsiniz. ikili ilişkilerle sınırlayabilirsiniz, olayı ilâhî aşk boyutuyla görebilirsiniz. Bu durumda insana duyulan aşk, "Sonsuz Sevgili"ye giden yolda bir staj olma niteliği kazanacaktır. Kimdir Sonsuz Sevgili? Evrenin mutlak egemeni, bütün canlılara yaşam sunan Tanrı'dır. (Bir sosyalistin ilâhî aşkı özümsemesini insanlar yadırgayabilirler. Ama aslolan, nesnel doğruyu bulmak ve onun felsefesini oluşturmak değil miydi? Marksizmin doğruları kadar temelde yanlışları da yok muydu?) Mevlâna'nın aşka ilişkin sözleri elbette ilâhî aşka ilişkindi. Ama bu bilge insan, beşerî aşkı küçümsemiyordu. Tam tersine Sonsuz Sevgili'ye giden yolda bir araç, aşılması gereken bir süreç olarak görüyordu.

Cinselliğe gelince, insanın kendi doğasını reddetmesi kadar anlamsız, içi boş bir tavır olamaz. Cinsellik elbette önemli bir olgu. Bunu kimse yadsıyamaz. Ama olayı aşk bağlamında düşününce, müthiş yanılgılar ve bu yanılgıların sürüklediği kaçınılmaz bir çürüme söz konusu oluyor işte. Benim tavrım bunadır. Tagore'nin bir sözü herkesin kulağına küpe olmalıdır. Diyor ki bilge: "Aşksız cinsellik, fuhuşların anasıdır. Evlenmeden de evli olarak da bu böyledir. Sevmediği bir erkeğe o adamın karısı olduğu için bir ödevi yerine getiriyormuşçasına kendini veren kadın, benliğini aşağılamakta, o erkek de sözde haklarını sömürmektedir." Daha ne desin?

Her aşkta cinselik vardır, ama her cinsellik aşk değildir. Başka bir söylemle, cinsellik aşkın amacı değil, sonucudur. Ama bu sonuç mutlaka yaşanması, elde edilmesi gereken bir sonuç da değildir. Sözgelimi, sevgililerden biri zorunlu bir nedenle eşine uzak düştüyse, geride kalan sevgili onu bekleyecektir. "Duygusal aldatma başka, bedensel aldatma başka. Bu ikincisi bir kaçamaktır en çok, ben kendi doğamı yaşarım," dediği anda iflâstadır. Seven, asla başkasıyla birlikte olamaz. Benliğine yenilirse, bunun anlamı duygunun cinsellik karşısında yenilip bozguna uğramasıdır ki bir bozguna aşk demek insana ve taşıdığı değerlere haksızlıktır. O.Wilde'ın, F. Beigbeder'nin, A. Altan'ın yazdıklarının hiçbir yerinde aşk yok. Kirlenmiş ilişkileri aşk sanıyorlardı ya da ticarî kaygıyla öyle olduğuna inandırmaya çalışıyorlardı insanları. Çok satıyorlarsa, bilin ki bu, toplumsal çürümenin insana karşı geçici, aldatıcı, içi boş utkusudur.

Ben Yalnız Sen Varsın adını verdiğim, Aşk Üçlemesi'nin ilk kitabı olan romanımda bir sayfa cinselliği yazdım. Ama oradaki cinsellik sevişmeydi, çiftleşme değildi. İki sevgilinin birlikteliği, bedensel bütünleşmesiydi. (Yalnızca sevgililer sevişirler; iki insan arasında aşk yoksa, yaşananlar sevişme değil, çiftleşmedir. Hayvanla insan arasında bu anlamda ne fark bulabilirsiniz ki?)

Yazılarımda tasavvuf motifleri var elbette. Ama bir bütün içinde düşününce kendimi tasavvuf yazarı olarak göremem. O çok başka bir iklimdir.

Benim siyasal bir duruşum var; eşitlikçi topluma inanıyorum, sarsılmaz bir sosyalistim, ancak, sosyalist düşünceyi Marks ve yoldaşları gibi algılamıyorum; inanan bir insanım, elbette dinsel bir duruşum da olacaktır.

Felsefe üretiyorum, ikili ilişkilere toplumbilimin ve ruhbilimin, felsefenin bütünlüğünden bakıyorum, hepsi bu.

Sevgiliyi doğru kimlikle sevdim. Biliyordum çünkü, "sevgiliyi kendimiz için değil, kendisi için sevdiğimizde aşktı" yalnızca. Sonsuz Sevgili ise, ne yazık ki aşkla yönelmeme karşın kendimi yetersiz gördüğüm, henüz bu çileyi üstlenemediğim için ulaşamadığım, yine de bütün benliğimle yakınlaşmak istediğim bir mutlak değerdir. Ona giden çizgide düşmeden yürümeye çalışıyorum. Ne kadar başarabildiğimi elbette o belirleyecek.

Yeri gelmişken belirteyim: Yukarıda verdiğim yanıtta kendi tavrımı sergiledim. Sonsuz Sevgili'ye ulaşmayı her sevenden bekleyemeyiz. Ben aşkı doğru yaşayan her sevgiliyi ayakta alkışlıyorum. İster beşerî aşk, ister ilâhî aşk olsun herbiri kendi içerisinde özel ve anlamlıdır. Gerçek sevgililerin herbiri, insanlık tarihinin adı konmamış direnişinin onurlu savaşçısıdır.

—Yaptığınız "Sonsuz Sevgili" tanımını biraz daha irdelemek istiyorum. Aşk mı Tanrı'dır yoksa Tanrı mı aşktır? Bu noktadan kutsal kitapların ötesinde bir "tanrı" arayışına yönelebilir tanımınız. Ve ibadet yerine yazmak ediminin kullanılması. Yaşadığımız maskecilik ve soyutları somutlaştırma evrenindeki tek sığınak aşktır. Bu, belki birçok yazar için böyle. Yaşamı bir elekten geçirip aslında konu yaşanmış gibi gösterip ereği aramak ya da konuyu erekmiş gibi gösterip yaşamı sorgulamak. Tapınılan şey aşktır! Ne dersiniz?

—Sonsuz Sevgili, ilahî aşka inanmış bir insan için mutlak güzellik ve ulaşılması gereken biricik hedeftir. Kalıcı olan, sonsuz olan odur çünkü.

Ama ben aşkı salt ilâhî aşk olarak görmüyorum. Sözgelimi, tanrıtanımaz bir insan da aşkı çok iyi yaşayabilir.

Onun çizgisi dünyalı bir sevgiliyle sınırlıdır. Ömrün sınır taşına gelindiğinde bu aşk ne kadar yoğun, düzeyli, bilinçli yaşanırsa yaşansın toprağa düşen sevgili için bitecektir.

Sonuçta aşk, ilâhî aşk çizgisindeki bir seven için araçtır. Hedefse Sonsuz Sevgilidir. Dünyalı bir sevgiliyle yaşanan ilişkide ise aşk, amaçtır. Sevgili kazanılınca, onunla bir ömür varolmak, birlikte madde dininin bütün yıkıcı etkilerine direnmek asıldır.

Ben nesnelere ya da olgulara tapınmayı çok aykırı buluyorum. Tanrı'nın aşk olduğu, sonsuz aşkı temsil ettiği doğrudur -bu nedenle ona "Sonsuz Sevgili" diyorum- ama aşkın salt kavram niteliğiyle Tanrı olduğu önermesi tümüyle sakattır. Çünkü Sonsuz Sevgili'ye ulaşınca yürüdüğümüz yolun çilesi bitecektir, geriye kalan aşk, Tanrı'yı bulmakla artık gerçek bir bütünleşme sağlayacağı için aşk-Tanrı ikilemi yersiz olacaktır. Bir yıldızı evrenin yerine koymak anlamsızdır. Bu nedenle aşkın Tanrı olması önermesi temelde sakattır. İnsanları yanılgıya düşürebilecek çok ince ayrıntıları doğru kavramak gerekir diye düşünüyorum.

Bir olguyu ne kadar karmaşıklaştırırsanız o kadar ulaşılmaz yaparsınız. Aşk, insana ilişkin boyutuyla bir sığınmadır. Yaşamın bütün yıkıcı etkenlerine karşı bir direniş cephesidir. Bilinçli yaşanırsa ve amaçlanan Sonsuz Sevgili'yse, ona giden biricik yoldur.

—Sanırım fark burada; "toprağa düşen, sevgili için bitecektir." Benim söylemek istediğim tanrısal kavramının altında da bu yatıyor. Bir "sevgili" (belki de yalnızca adı sevgilidir ki Kalecikli kitaplarında da biz genelde sevgili-

ye gönderilmeyen mektuplarda, umutsuzluğun içinde sevilene "sevgili" diye seslenerek umuda ulaşmış bir yazım tarzı görüyoruz) ne kadar gelme ya da geri dönme umudu olmasa da yine de "sevgili" olarak anılabiliyorsa, bu bence ilâhî bir aşka geçiştir. Bireyin beslediği duyguların, karşı tarafın tavırlarına karşın olanca gücüyle duyumsanmayı sürdürmesi bir anlamda madde dininin ve çıkarcı sevgilerin birebir karşısında durmak demek değil midir? İşte ulaştığım "tanrı" tanımı da buradan geliyor. Yoksa sözünü ettiğim "tanrı" sadece bunu desteklemek için kullanılmış bir betimdir. Latife Tekin, bir romanında, "Tanrı bizi birbirimize bırakıp gitti," der, aşktan yorgun düşmüş, yenilmiş iki dosttan birini konuştururken. Bu tümceye yaslanarak tanrı=aşk yaklaşımını bir kez daha teolojilerin üzerinde bir görüyle yinelemek gereği duyuyorum.

Aslen aynı konunun içinde, farklı bir dala atlayalım: Şiir. Kalecikli'nin şiir formatında yazdığı, kitaplaştırdığı yapıtları var mı? Şiir formatı dememdeki kasıt, düzyazılarınızın da tarz olarak şiire son derece yakın olması.

—Ben herkesin içinde bir sevgili imgesi (hayali) bulunduğuna inanıyorum. Bu biraz da Hint mitolojisinde geçen "ruh ikizi" kavramıyla ilgili bir olgu. Hin mitolojisindeki o mite göre Tanrı, ruhları sınamak için her ruhtan iki tane yaratmış ve ruhları ikizlerini bulmakla görevlendirmiş. Buna ben de inanıyorum.

Bir sevgili aşkımızı görmüyorsa, algılamıyorsa ya da reddediyorsa onun ruh ikizimiz olduğuna inandığımız sürece o bizim içimizdeki değerlerle yine de sevgilidir.

Bu inancımız büyük ölçüde yanılsamadır. Ama sevdiğimiz sürece o insanın benliğimizdeki anlamı değişmeyecektir, tâ ki yaşamın rastlantıları başka eksenlerde yeniden ayarlayıp karşımıza yeni bir aday çıkartacağı güne kadar. Bazı sevenler o umutsuz aşkların peşinde bir ömür harcadılar, melankolinin geçit vermez sarmalında bunaldılar, mutsuz oldular. Ben böyle bir ikilemi yaşadım ama artık daha bilinçli olduğuma inanıyorum. Aşkı taşıyamayan bir sevgiliye veda etmesini biliyorum. O imgenin incinmesine razı olmuyorum.

Leylâ, Mecnûn'u kaç zaman sonra çölde bulduğunda Mecnûn ona demişti ki: "Sen Leylâ'ysan benim içimdeki Leylâ kim?" Bu ilâhî aşk motifiydi artık. O, Leylâ'nın aşkını aşıp Sonsuz Sevgili'ye ulaşmıştı. Buradaki derinliği çok özel buluyorum.

Şiire gelince, benim yayımlanmış ilk kitabım şiir kitabımdı. Şairliğimden düzyazılarımda da yararlandığımı beni okuyan herkes söylüyor. Şu anda piyasada ikinci şiir kitabım var: "Söyleyemediklerimi Sen Anla". Dört baskı yaptı, ilgi görüyor. Yazık ki şiir okuyan insan sayısı az ülkemizde. Bu kitabımı çok seviyorum. Benim için anlamı özel.

İnsanların düz yazılarımdaki şiir tadını almalarına sevindim gerçekten de.

—Şiiri belli kalıplara oturtamayacağımızı ve şiirin bireye özel olduğunu defalarca konuştuk, anlattık; gerek forumda, gerekse makalelerimizde. Erdal Alova'nın dediği gibi, "Aklın bir, şiirin bin yolu var". Yine de her benliğin şiire bir bakışı var. Bu biraz da tarzla ilgili. Zevkler ve renkler görecesinden doğan beğenilerin beslediği bir

tanımı edebiyatla ilgilenen her insan benimsemiş gibi. Kalecikli şiiri nasıl tanımlar? Kalecikli için şiir nedir?

—Öncelikle temelde sanata ilişkin önemli bir saptama yapmalıyım diye düşünüyorum. Sözgelimi resme yeteneği olan bir insan bir fotoğrafın aynısını yaparsa yine de resim olur ama sanat olmaz. Çünkü sanat yorumdur. Sanatçı, kendi yorumunu katmadığı sürece, ortaya koyduğu nesne bir yetenek ürünü olarak kalacak, sanatın boyutlarını -sözgelimi derinlik boyutunu- kavrayamayacaktır. Bu bağlamda, şiir ve genelde sanat, yorumla üretildiğine göre insanlara etkisi değişik olacaktır. Bir şiiri okuyan kişinin yorumuyla diğer insanların yorumunun aynı olmasını bekleyemeyiz ki. Sanatın önemi burada zaten. Bir sanat ürününü (okuyarak ya da bakarak -resimde, yontuda-) yeniden üretmenin önemini biliyorum. Şiir zor sanat. Bütün yazın dallarından daha zor. Tanım dersen bir tanım veremem. Sanırım bunun için çaba göstermem de anlamsız olur. Yoğunlaştırılmış sözlerin, dilin en müthiş şölenidir şiir. Bunu tanım olsun diye yazmadım. O kadar zor ki, ritmi, musikisi, dize yapısı, imgelerin yaşamda nesnel karşılığının bulunması, özgünlüğü. Herbiri çok önemli ögeler. Türk şiirini beğeniyle okuyorum. Kötü örnekler de yok değil elbette. Can Yücel'in "Hıyarsın diyorum /Yo ben turşuyum diyor" dizelerinin hiçbir yerinde şiir yok. Başka bir örnek, Orhan Veli'nin "Ağaca taş attım / Taşım gelmedi / Taşımı isterim / Taşımı isterim" dizelerinde olmadığı gibi. Ama aynı şairlerin çok ustaca yazılmış şiirleri de var. Sorunu aşacak ama bence Türk şiirinin en çok öne çıkan iki örneği, Nazım'ın "Saman Sarısı" ve "Kuva-yı Milliye Destanı" şiirleridir. Özellikle Saman Sarısı, Türkçe'nin en güzel şiiridir.

—Peki gelecek zamanlarda Kalecikli'nin şiirlerini yeni bir kitapta okuma fırsatımız olacak mı?

—Sevgili Barış, okurlarımdan gelen iletileri çok titizlikle değerlendiriyorum. Tümünün ortak noktası, düzyazılarımdaki şiirsellik. Yazı sanatında bir aşamaya geldiysem, ulaştığım her bireyden ilgi görebiliyorsam bunun nedeni şairliğimdir. Şairliğimden büyük ölçüde yararlandım diyebilirim.

Şiir çok kıskançtır. Sizi sevgilinizden bile kıskanır. Kendine zaman ayırmanızı ister. Bu nedenle, şiirden asla vazgeçmem. Yazı izlencemde birkaç kitap daha var bir an önce yazıp okuruma sunmak istediğim. Sonra yeni bir izlence yapacağım. Bu izlencenin içinde mutlaka yeni bir şiir kitabım da olacak. Bazı şairler çok üretirler. Dağlarca üstat, İlhan Berk ve Attilâ İlhan üstatlar ilk anımsadığım örnekler. Bense çok az üretiyorum şiiri. Çünkü ilk kitabımın bendeki olumsuz etkileri ve genelde seçiciliğim yüzünden "İşte oldu bu!" diyemiyorum kolay kolay. Ama özet olsun için yineliyorum, şiiri sürdüreceğim.

—düşLE'de sıkça karşılaştığımız ve sizin de yakındığınız "eleştirme zayıflığı" konusuna değinmek istiyorum. Bir yapıta yalnızca "güzel" deyip bırakanlar mı dersiniz, eseri bir yana bırakıp yazanı eleştirenler mi dersiniz, hiç bir tutar noktası olmadan körü körüne suçlamalar ya da beğeniler sunanlar mı dersiniz. Eleştirmenlik sanatın farklı kolu gibi düşünülmeli belki. Siz bu konuda neler söyleyeceksiniz?

—Ülkemizde insanların % 2.5'i kitap okuyor yazık ki. Bu çok küçük bir oran. Ama nedense kitap okumayan toplumda "eleştirmen"den geçilmiyor. Bu çelişkinin nedenlerini uzun uzadıya belirtmek istemiyorum. Şunu söylersem yeterli olur kanısındayım: Sanatın bir felsefesi vardır. Felsefenin alt kollarından biridir sanat felsefesi. "Estetik" kitapları bütün yazınseverlere yardımcı olacaktır.

İnsanlar eleştiriyle bir şeyler üretmek istiyorlar. Bu aşamaya kadar söylenenlere saygı duyuyorum. Ama senin de belirttiğin gibi "güzel" deyip bir kıyıya bırakanlar gibi yazarı eleştirenler de "eleştirinin" ilkelerine aykırı davranıyorlar gibime geliyor. Bir sanat ürünü, bir yazarın düşünceleri elbette eleştirilmeli. Ama eleştirinin nesnel olması, sağlam dayanaklarının bulunması gerekir. Değilse, linç etmeye kadar varan tavırlar kaçınılmaz biçimde ortaya çıkabiliyor. Hiç hoş değil bu.

—Türkiye'deki önemli sorunlardan biri olan korsan basım haliyle sizin de başınızda. Çok değişik noktalara ulaşılabilir "korsan basım"ın nedenleri ve önlemleri konuşulduğunda. Ancak yazarı sömüren bir olgu da kuşkusuz artık korsan baskılar.

—Korsan kitap. Yalnızca geri kalmış ülkelerde rastlanan bir tuhaf olgu.

Kim ne derse desin, korsan kitap olgusu büyük sermayenin yayıncılık alanına girmesiyle başladı. O kadar yüksek fiyatlar belirlendi ki, birileri bu işin "ucuzunu" üretmek için özendirildi sanki. Ülkemizdeki işsizlik de bunun üstüne eklenince hepimizin tanıklık ettiği korsan kitap olgusu nice yazarı küstürdü, küçük yayınevlerini batırdı, batırmayı da sürdürüyor. Kaç yıldır korsan kitap mafyası öyle gelişti ki artık kendi basımevleri, kendi dağıtımcıları, nokta satış bayileri bile var. Korsan kitap, sanatçının beyninin yağmalanmasından başka bir şey değildir. İyi de nasıl çözülecek bu sorun? Her şey devlette başlıyor, devlette bitiyor bana sorarsan. Kitap bir ticarî ürün olarak görülmese, dolayısıyla bu işten hiç vergi alınmasa, yayınevlerine de fiyat konusunda forma bazında belli bir tavan belirlense, Seka kaliteli kitap kağıdı üretip çok az bir kârla yayıncılara verse, kitaplar pahalı satılamasa ne olur? Kıyamet mi kopar? Benimki yalnızca bir öneridir. Başka öneriler de getirilebilir, en iyi çözüm neyse kolayca bulunabilir, yeter ki istensin. Asolan okur sayısını artırmak, insanımızı bilgiyle donatmaktır değil mi? Topluma kitap okuyan bir tek insan kazandırmanın bile ne kadar önemli olduğunu bilmiyorlar mı? Bir Mustafa Kemal ülkemizin yazgısını değiştirebildi. O okuyan bir insandı. Anıtkabir Müzesi'ni gezenler bilirler, binlerce cilt kitabı sergileniyor orada. (Benim en çok zoruma giden, Mustafa Kemal gibi bir devrimcinin kurduğu ülkenin kötü yönetilmesiyle tanınmaz duruma gelmesidir. Geri kalmışlığa karşı avaz avaz bağırmak geliyor içimden.)

Yetişmiş insanın önemini kim yadsıyabilir? Nice insan ömründe bir tek kitap okumadan göçüp gidiyor. Hızla kirlenen bir toplumda yaşadığımızı bizi yönetenler göremiyorlar mı?

—Ne mutlu ki yaklaşık iki aydır sizi düşLE'de görebiliyoruz. Forumda tartışmalara katılıyorsunuz. düşLE genç bir hareket olmasından dolayı daha çok gençleri barın-

dırıyor içinde. Sizin okuyucularınız da tahmin ediyorum ki ağırlıkla gençlerdir. Çoğumuz dönem dönem umutsuzluğa düşüyoruz. Bu anti-demokratik koşullarda istemeye istemeye değerlerini yitiren insanların bir kuşak sonrası. Son, yani 80 kuşağı. Baktığımızda bir futbol telâşı, bir aşksız sevişme koşuşturması, bir cep telefonu model kaygıları içinde eriyip gidiyor gibi gözüküyor gençlik. Hani hep yukarıda umuda seslendik ya; 60'lardaki 70'lerdeki hakkını arayan genç kuşağın yerine kırmızı ayakkabılı, Malboro'lu bir insan, sürekli bir devinim ve değişim içerisinde. Sürekli toplumsal ve yönetsel değişimler gözleniyor insanlık tarihinde. Büyükler, "Bizim zamanımızda," diye başlayan tümcelerle hep yadsır ve yadırgarlar ya gençleri. Sizin gözlemlerinizle gençlik nerede? Ve bu durum sizce ne kadar sürer? Hatta belki de bizim tepkimizin aksine olması gerekendir bu, ne dersiniz?

—Sevgili Barış, sorun ne müthiş bir duyarlılığı barındırıyor, bütün anlamları doğru kavradığına inanıyorum. Öncelikle temelde şunu belirteyim: 12 Eylül faşizmi, gençliği politik olmaktan uzaklaştırmak için ne gerekiyorsa yaptı: Önce YÖK'le üniversiteleri kıskaca aldı, vize sınavlarıyla dersten başka bir şey düşünemeyen bir üniversiteli gençlik biçimi denendi. Yasadışı örgüt elemanları yakalandığında masanın üzerine "suç ögesi" olarak kitaplar kondu. Öyle iğrenç bir koşullandırma oluştu ki sonuçta iki ayrı gençlik kutbu belirdi: Bütün bu yapılanları yutmayan, her şeye karşın okuyan, ülkesinden ve dünyadan sorumlu, bir onurlu geçlik kesimi ve yazık ki çoğunlukla yukarıda sözünü ettiğin Amerikanvari yaşayan, göğüslerinde Amerikan ya da İngiliz bayrağı taşıyan, tuhaf, aydın değil entel, içi boş amaçları yaşamın vazgeçilmezleri olarak benimseyen gençlik kesimi. Bu yozlaşmadan aşkın etkilenmemesi düşünülebilir miydi? Sonuçta "postmodern aşk" kavramı ortaya atıldı. En komik olanı da bu bence. Bir tane asıl, birkaç tane de yedek cinsel partner. Bu çiftleşme, yozlaşma modeli elbette aşk olamazdı ama cinsellikle aşk birebir eşdeğer sanıldığı için böyle görülmesini de aslında yadırgamıyorum. Bir iflâstan insana yakışan hangi sonucu umabilirdik?

Ülkemiz bu durumu bir süre daha kaçınılmaz olarak yaşayacaktır. Kendi yazınını da üreten bir çürümeden söz ediyoruz değil mi?

Ben her şeye karşın umutluyum sevgili Barış. düşLE'yi tanımak bile başlıbaşına yeterliydi umutlu olmam için. Bana öyle telefonlar, mektuplar, elektronik postalar geliyor ki yanılmadığımı(zı), yalnız olmadığımı(zı) artık biliyorum.

Futbol merakı her ülkede var. Hoş bir şey bu bence. İnsanları günlük kaygılardan bir an için de olsa uzaklaştırıyor. Ama abartılması, işin terör boyutuna uzanması, "en önemli" değerlerden biri sayılması, hiçbir insanca üretimde bulunamayanlarca tek sığınak olarak öne çıkarılması yanlış bir şey elbette.

Sonuç olarak umutlu olacağız. Başka seçenek yok ki. Çünkü bu yozlaşmanın elebaşıları insanlık suçu işliyorlar. Basında köşe başlarını tutanların önemli bir kısmı Yankee'ye uşaklık yapmayı, kalemlerini satmayı içlerine sindirebiliyorlar. Sömürgeciliğin temsilcileri ve uşakları acımasızca suçlarına yenilerini ekliyorlar.

Ülkemiz çok kötü yönetiliyor Mustafa Kemal döneminden sonra. Evet umut. İnadına umut, insanca değerler için.

—Bir gencin tüm yaşamını, yaşanması gerekenleri erteleyen sonra ertelenmişlerin salt vakti geçtiğinden bir anlam barındırmadığı bir yaşam. Çok sevdiğim bir şiir vardı, Erel Bleda'nın, "özenle yarın'a sakladınız bir sarı lira gibidir ömrünüz, bir de bakıyorsunuz ki tedavülden kalkmış." Dürüst olmak gerekirse istediği gibi yaşaması çok zor artık insanın. Bu bakımdan gençleri suçlamak yanlış olacaktır. Ama yalnızca umut etmek anlamsız. Kurtarabildiğimizi çekip çıkarmalıyız bence bu çamurdan. "İnsan" olmaya ek bir zorluk daha.

Peki yazım alanının farklı bir dalına atlayalım hemen. (Konudan konuya geçmek dağınıklık yaratsa da sonuçta bir masa başı söyleşisi gibi keyifli olduğuna inanıyorum. Konu konuyu açıyor.) Hepimizin bir anlamda kalemle dostluğu var. Öyle ya da böyle herkes kendine göre şair, öykücü, kısacası "yazar". Düşünce akışını üretime veren insan bir süre sonra artık bu ürünlerini insanlarla paylaşmak istiyor. Bu çok doğal. Bunun için değişik yollar var. Edebiyat dergileri yolun başı sayılabilir. Özene bezene kağıtlara yazıp, birçok kez gözden geçirdiğiniz ürünlerinizi bir zarfa koyup, binbir umutla dergilere gönderiyorsunuz. Sonrası belli değil. En "benim" diyen edebiyat dergisinin bir ayda yayımladığı şiir sayısı onu, öykü sayısı ikiyi, üçü geçmiyor. Bir bakıyorsunuz bu on şiirin yarısından çoğu derginin kadrolaşmış yazarları. Kim seçmiş, neye göre seçmiş belli değil. Dergicilik bir anlamda yayınevinin yan ürünü olarak; bir broşür, tanıtım eki çıkarma işine dönmüş. Genç yazar, umuduna mı yansın, bekleyişlerinin sonuçsuz kalmasına mı?

Bir başka deneme de yayınevlerinde. Yine değerlendirmeler. Yazım kurulları. Bu kez işin içinde parasal durumlar var. "Dosyanız kitap olursa satar mı, satmaz mı?" Yayınevi de bunun derdinde. Hem zaten okuma oranı düşük bir ülkede yaşıyorsunuz, üstüne üstlük bir de birey için değil de sanat için yazmaya çalışıyorsanız, hiç şansınız yok.

İyi yazar olmanın ölçütleri nedir? Nedir bir insana "usta" nitelemisini kazandıran? Yoksa -bolca kulağını çınlattığımız- çoğunluğun Ahmet Altan'ı "usta" olarak kabul ettiği bir toplumda en iyisi "usta" olmamak mı?

Bu zamana kadar kendi yayınevinizden çıkardınız tüm kitaplarınızı, artık Tek Ağaç'tasınız. Tek şansımız kendi çabamız mı? Hoş, sonuçta düşLE'nin de kuruluş amacı bir anlamda benzer bir noktaya dayanıyor. Ancak basılı yayının boyutu daha farklı.

—Tek başına umut elbette anlamsızdır. Ben insanlara bunu önermiyorum. Ama umutsuzluğun da teslimiyet olduğu bir gerçektir. Gezegenimizi yaşanamaz duruma getirenlerin en çok istedikleri de budur. Kimse umut bile etmesin, teslim olsun ve çürümeye duyarsız kalsın. Özetlersek, önce umut edeceğiz, sonra eylemde bulunacağız. Siz düşLE'de bunu yapıyorsunuz. İnsanı yazan bütün yazarların her sözü birer direniş çığlığıdır. Sanatçı çağının tanığı olmalıdır değil mi? Bütün duyumsamalarını yazmalıdır.

Ben inanıyorum, insanlık bir gün ayağa kalkacaktır, kalkmalıdır da.

Henüz yolun başındaki bir yazar ya da şair, önce dergilerde yayımlamakla başlayacaktır işe. Ayrıksı birkaç örnek dışında bütün dünyada böyle olmuştur. Aynı aşamadan ben de geçtim. 1982-1984 yılları arasında birçok dergiye şiirlerimi gönderdim. O zamanlar yalnız şiir yazıyordum. Benim yüzümden dergi yöneticileri gönderdiğim ürünleri ve mektupları çöp sepetine atmakta o kadar ustalaştılar ki eminim herbiri iyi birer basketçi olmuştur.

Yılmamalı, direnmeli. Başka seçenek yok ki. Bir süre sonra (eğer gerçekten iyi bir yazar ve/veya şairse) kendi çizgisini bulacaktır. Üstelik bütün bu uğraşların ayrı bir tadı var. Ben şimdi o günlerimi, şiirlerim yayımlanmadığı zaman duyduğum hüznü, yayımlandığı zamanki sevinçlerimi özlüyorum.

Yayıncılık ülkemizde artık bir sektör olmaya başladı. Bu iyi bir gelişme. Kitap tanıtımları açısından, daha bilinçli yayıncılık açısından olması gerekendi bu. Yayınevleri, kitaba ticarî bir ürün olarak bakıyor. Çünkü kitap yayıncılığı pahalı bir iş. Yayımlanan bir kitabın stoklarda uzun süre beklemesi gibi bir tehlike var, bu da yayıncı için müthiş bir maliyettir. Öyle ki ülkemizin birçok kentinde elde kalan kitapları tüketmek için "kelepir" adıyla kitapçılar açıldı. İçlerinde öyle kitaplar vardı ki görünce inanamadım. J. Steinbeck'ler, Çehov'lar ve daha nicesi. Yayıncı pazarlayamamış ürünlerini, elinde patlayınca da kelepirci kitapçılara vermiş. İşin içine girmek gerekir yayıncılığın nasıl belâlı bir iş olduğunu anlamak için. Devletin hiçbir biçimde yardımcı olmadığı bir sektördür yayıncılık. Böyle olunca da ne yazık ki nice değer yayınevlerine dosyasını götürünce çoğu zaman yüzüne bile bakılmıyor. Bütün yayınevleri aynı değil elbette ama genelde böyle bir çıkmaz söz konusudur. Gerçekten olanakları yetersiz bir yayınevine sözüm yok ama olaya senin yakınmandaki gibi salt ticarî bir gözle bakıp genç yazarlara hiçbir şans tanımayan kişileri de kınıyorum. Peki bu durumda ne yapacak genç bir yazar? Tek seçeneği direnmektir. Israrcı olmalı, kendisine yöneltilen eleştirileri göz önüne almalı, gerekirse yayımlamayı bir süre erteleyip kendini daha da geliştirmenin yolunu açmalı. Hasan Ali Toptaş'ın yaşam öyküsü bu direnişlerle dolu. Çok iyi bir yazar o. Ama uzun süre yüzüne bile bakılmamış. Sonra ödül yağmuruna tutulmuş. İlginç değil mi? Neyse ki son zamanlarda yayınevlerinin katı tutumu kırıldı. Artık yavaş yavaş da olsa genç yazar ve şairlere de şans tanıyorlar. Bu iyi bir gelişmedir.

Yazar, her şeyden önce dilinin olanaklarını çok iyi bilmeli. Yetmez, ruhbilim, toplumbilim ve felsefe bilmeli. Sorgulayıcı olmalı. Ancak o zaman sanatın derinlik boyutunu kavrayabilecektir. Bu da yetmez, özgün olmalıdır. Yazıda kendi sesini bulmalıdır. Bu tümüyle tarzla ilgili bir olay elbette.

Bugün bir İlhan Berk şiiri okuduğumuz zaman kolayca tanıyabiliyoruz değil mi? Çünkü şiirine kendi sesini katmıştır. Necatigil, Attilâ İlhan, Ece Ayhan, Oktay Rifat, Dağlarca, S.Kudret Aksal, Nazım, İsmet Özel, Cansever ve nicesi, özgünlükleriyle şiire damgasını vurmuş şairlerimizdir. Yazı sanatında kendi sesini bulan sanatçı ustadır. Onlar artık yazı evreninde birer gezegendirler. Onları okuduğumuzda, bu gezegenlerde yolculuğa çıkmış oluyoruz.

—Aslında sormayı sona sakladığım sorulardan biriydi gençlere öğütleriniz. Ama zaten şu ana kadar pek çok konuda önerilerde bulundunuz bize. Yine de soralım bakalım; okurlarınıza ve okurlarımıza ek olarak söylemek istedikleriniz var mı? Sonuçta bir usta olarak deneyimleriniz hepimiz için değerli olacaktır.

—Hiçbir koşulda umutsuzluğa düşmesinler, bu çok önemli. Geleceği biz getireceğiz, birlikte. Bu ülke bizim, içinde yaşadığımız gezegen bizim. İnsana yakışır bir yaşam için, insanlığın ayağa kalkması için önce direnmek, sonra üretken olmak önemli.

Dünya hızla kötüye gidiyor, bu doğru. Ama inanıyorum ki bir gün sömürgecilik sona erecek, insan kazanacaktır. Amerikan ve İngiliz mallarını sürekli boykot etsinler isterim. İnsanlığa hizmettir bu. Herkes kendi evinin önünü süpürürse dünyanın tertemiz olması için çok önemli bir görevi yerine getiririz değil mi?

Dil çok önemli. Dilimize sahip çıkalım. Çünkü çok güzel bir dilimiz var. Yabancı sözcükleri bırakalım artık. Türkçe'nin tadına varalım. Sanatsal bir üretim içinde olan genç insanlar Türkçe'nin büyüsüyle daha yetkin ürünler vereceklerdir. Bilgi çok yüce bir değerdir. Okumak gerekir bü değerin tatmak için.

Ulusumuzu aşağılamaya çalışanları iyi tanısınlar. Çünkü onlar sömürgeciliğin ülkemizdeki temsilcileridirler. Yazılı ve görsel basında çöreklenen kimi kalemşorlarının nasıl aşağılık yaratıklar olduklarını, halkımızı aldattıklarını bir bilseler, ülkemiz ve insanlık için ne büyük kazanç olacaktır bu.

Mustafa Kemal'in adı bile bunların düşlerini karabasana çevirmeye yetiyor. Çünkü biliyorlar ki bu ülke kendi kimliğini bulursa bir anda toparlanacak, ulusumuz tarihsel bir dönüşümle ayağa kalkacak, sömürgeciliğin temsilcileri kalemlerini satarak geçinemeyeceklerdir artık. Maskeler düşecek, ak koyun, kara koyun belli olacaktır. İşte bu olasılık bile işbirlikçilerin hasta ruhlarını ürpertmeye yetiyor.

Başka bir konu da şu: Aşk vardır. Giderek daha az rastlanan bir değer olarak kalsa da. Freud'un, Schopenhauer'ın tezleri iflâs etti artık. Erich Fromm'u, Albert Camus'yü okusunlar. Onların bilgeliklerinden öğrenecekleri çok değer vardır.

—Uzunca bir süredir gerek forumda gerekse karşılıklı konuşmalarda çok şey paylaştık. düşLE hem genç bir ortam, hem internet sitesi hem de kendisine edebiyat dergisi deme cüretinde bulunuyor. düşLE'ye katılışınızdan bu yana, gözlemlediğiniz düşLE nedir sizin için? Olması gerekenler, olmaması gerekenler.

—düşLE gerçekten müthiş şeyler yapıyor. Sanal bir dünyada gerçeği yaşıyor insanlar bu sitede. Tartışma forumları düzeyli. Ne denir? Elinize, yüreğinize sağlık. Sizler gibi gençlerle ülkemiz düze çıkacaktır, ben sonsuz inanıyorum buna.

Okuyan, araştıran, üreten bir gençlik. Buna öyle çok gereksinmemiz var ki.

Benim düşLE'ye hiçbir olumsuz eleştirim yok. Beğenmeyen varsa daha iyisini yapsın.

—Sevgili ustam, bu güzel söyleşi için teşekkürlerimi sunmak istiyorum. Son derece keyifliydi. Her ne kadar zamanımız ancak bu kadarına yetişse de zaten forumda konuşmak ve tartışmak için daha pek çok şansımız olacak. düşLE kalın Kenan Kalecikli.

Beslediğiniz umudun yüzünüzü kara çıkartmaması dileğiyle; sevi ve düşLE.

—Ben teşekkür ederim sevgili Barış. Umut boşa çıkmaz; ama ola ki yanılgıdaysak, korkarım yalnız benim değil insanlığın yüzü kara çıkar. Evrensel bir sorun bu, adına çürüme dediğimiz, egemenlerin "uygarlık" diye yutturmaya çalıştığı traji-komik durum. Kesin olan şu ki, insan tükenmez. Ben buna hep inandım, sen de inan. Hepimiz inanalım. Sonsuz Sevgili sizlerle olsun.

düşLE kalın. Sevgiyle.

Konuşan: Barış Kuran, Eylül 2003
düşLE Edebiyat Dergisi
Yayın Yönetmeni
www.dusle.com

SÖYLEŞİYE GELEN İLETİLER

Kalecikli aslında bir kedidir de

Okuyanı da içine alan çok içten bir söyleşi olmuş. Bunun için hem Kalecikli'ye hem Kuran'a teşekkürler. Ancak Kalecikli'ye söylemek için fırsat kolladığım bir şey var nicedir: Aşkı /kadar ve gibiliğiyle/ algılayan az insan tanırım. Bu olguyu hem bu kadar iyi kavrayıp, hem üzerine böyle hırçın mırıltılarla yazabilmeniz ise okuyucu için bir şans.

Sevgiyle selâmlarım.

Oylun Pirolli- 04 Eylül 2003

Teşekkürler

Beni anlayacağını biliyordum sevgili Oylun. Üretken ve düşünen bir insanın beni anla(ya)mamasına çok şaşırırdım doğrusu.

Bu arada yaklaşık on beş sokak kedisine bakıyorum. Evde iki kedim vardı, sonra bir minik tekir geldi, üç kedim var şimdi. Bilmeni istedim nedense.

Duyarlılığın için teşekkürler insan güzeli.

Kenan Kalecikli- 04 Eylül 2003

Ke(n)di

Kalecikli kendisidir. Aşk onun üzerine ne bol ne de dar gelmiştir. Hep şunu çıkarırım ve sürekli aklıma gelir Kenan beyin kitaplarını okuyunca, duyunca: Âşık olduğu insan, içinde oluşturduğu birikimin bir meyvesi gibi (gibi değil belki de doğrusu bu), kendinden bir tane de karşı tarafta yaratıyor. Evrensel olmak da burada yatıyor sanki. İki kişinin bazı kalıplardan kurtulup saf bir evrenselliği yakalaması, ne muhteşem. Sevgiler ustam.

Özgür Uçakçıoğlu 04 Eylül 2003

Küçük bir açıklama olsun için

Sevgili Özgür;

Öncelikle ilgine teşekkür ederim. Beni doğru algılamışsın.

Yeri gelmişken bir açıklama yapmak istiyorum: Bazı dostlar, "sevgiliyi kendimiz için değil, kendisi için sevmemiz gerektiğine" ilişkin tezimi yanlış yorumlamışlar. Bunun anlamı şuydu: Aşkta aslolan, hiçbir bireyci hesaba boğulmadan sevgiliyi çoğaltmaya çalışmaktır. Aşk hesapsız kitapsızdır çünkü. Aynı karşılığı görürse ve iki sevgili de birbiri için ruh ikiziyse, o iki sevgilinin aşkı yürekleri kadar, başka bir söylemle yaşamboyu sürecektir.

Günümüzün aşk sanılan aldanmalarında, "ben bu ilişkiden ne kazanırım"a kadar varan sığlıklar görülüyor çoğunlukla. Sonuçta aşk cinayetleri olarak bilinen, aslında aşk sandıkları sığlığın nefrete dönüşerek aslını bulmasının finali olan trajediler yaşanabiliyor. Yazık değil mi?

Biraz da şu: Her aşkın bir maliyeti vardır. Bir insanı sevgili olarak onaylamakla, aslında başka insanlarla yaşanabilecek olası aşkları itiyoruz demektir. Bu bir maliyettir. Hiçbir seven bu maliyeti düşünmez, düşünmemelidir de.

Doğru aşklara, yürekle. Sevgiler.

Kenan Kalecikli 05 Eylül 2003

Aşk

Aşk bireyseldir. İki kişi tarafından yaşanan, ancak bireye ait kalan tek olgudur belki de aşk; karşındakine ve kendine rağmen sevebilmektir. Bu potansiyel bir enerjidir içimizde gizliden yaşayan bir tohum gibi. Tohum eğer doğru mevsimde toprağa düşerse, doğa patlar; güneşinden, suyundan, toprağından. Bu yüzden aşk, farklı renkler gösterir insana hayatın akışında. Algılarımız değişir, değer yargılarımız, inançlarımız, beklentilerimiz. Bu yüzden aşk içsel bir büyümedir, olgunlaşmadır ve bu yüzden en büyük deneyimidir hayatın. İçimizde sürekli varolan, toprağa düşmeyi bekleyen bir hevestir aşk, renklerini göstermek için yaşamın. Çoğu ilişkinin aşkla bir ilgisi yoktur. Aşk, en "ben"ci duygu olmasına karşın, karşındakini özgür bırakabilmektir. En açlık uyandıran şey de olsa aşk ve var olan en yamyam şey; gerçek aşk karşındakini yememektir. Sevilmeyen birçok insana âşık olunduğunu gördüm ben. Tohum düşmüştür bir kez toprağa, ne denir? Karadeniz'de yaşamadan, yağmurlu yeşil uçurumları sevmektir aşk. Maviyi özlemektir denizsiz bir kentte. Özlem büyüdükçe, kişi büyür düşüncelerinde. Aşk bu yüzden bireysel bir olgudur. Sevgiyle.

Oylun Pirolli 05 Eylül 2003

Alkışlıyorum

Sevgili Oylun;

Kısa ama öz, o kadar önemli bir metin yazmışsın ki, bir tek aksayan yanını göremedim. Aslolan doğruyu bulmaksa, eleştiri zorunludur. Bu gözle de okudum yazdıklarını. Havalara uçuyorum şimdi: Yanılmamışım. Yalnız değilim. Sana insan güzeli derken düşünen bir insan olmana, sevgiyi ve aşkı doğru algılamana vurgu yapmıştım.

Binlerce teşekkür, bu kadar duyarlı ve felsefik düşünebildiğin için.

Aşk vardır. Doğru algılayan insan güzelleri asla tükenmeyecektir. Sevgiyle.

Kenan Kalecikli 05 Eylül 2003

Aşkın oluru

Sevgili Oylun, gercekten değerli bir yazı yazmışsın. Hep şunu merak etmişimdir: Bir aşk nasıl olur da kendini insanın ulaşamayacağı bir zihne hapsedip o insanlara karşı soğutabiliyor. Birbirlerini uzun bir süre seven, okşayan, çiçeği koparmak yerine dalında beraber koklayan bu insanlar. Nasıl oluyor da bir süre sonra solmaya yüz tutuyor bu aşk. Bunun da bireysellikle ilgisi var mı acaba? Her şey karşılıklı olmak zorunda mıdır? Solmanın bu ızdırabını bile karşılıklı yaşamak mıdır en doğrusu?

Özgür Uçakçıoğlu 05 Eylül 2003

Aşk

Çünkü aşkı gördüm ben. İçimdeydi en bitmesi gereken zamanda. Yine en bitmesi beklenilen zamanda yeni tomurcuklar açıyordu aşk. Bir süre sonra aşkın, bir karakter gibi sadece kişiye ait olduğunu ve kişi istediği için büyüdüğünü gördüm. Bir verir genelde doğa size, aşk onu yüz yapar. Eskiden anlayamazdım âşık olamayan insanları. Şimdi anlıyorum: Aşk üretken insan içindir ve bir sivrisineğe yaşama hakkı tanıyanlar için. Yara içinde kalmış bir sokak köpeğini gıdısına bastırıp veterinere taşıyanlar, simitçi bir çocuktan on milyon liraya bir simit alanlar, doğurganlığına rağmen evlat edinenler, güneşin ilk ışıklarına sarılanlar, bağışlamaya gönüllü kananlar, ödünü koparan hamamböceğini ezmek yerine yakalayıp dışarı atanlar, sokak kedilerinin burunlarını yalayan, ayaklarını koklayanlar, her çocuğu anasından babasından bağımsız sevmeyi becerenler, filmleri anlayanlar, konuşmak yakışmıyorsa susmayı bilenler, iyi niyete sırtını dayayanlar, başkası için riske girenler, acıyı aşka dönüştürebilenler, tanımadığı birini sevmeyi becerenler, başkalarının yapacaklarından değil kendi yapabilirliklerinden korkanlar, otoyolda bir kaplumbağayı yolun ortasından kenara taşıyanlar, gerekirse kirletmemek için kirlenenler, neden- niçin demeyi bilenler, haklı kavgasında karşındakini incitebilirliğin endişesi ile yenik düşmeyi bilenler, ana rolü yapmayıp ana olanlar, bayram arifelerinde varoşların ucuz alışverişlerinin mutluluğunu paylaşanlar, bir çocuğu okutanlar, bir çocuğu rahat bırakanlar, konuşmaktan çok dinleyenler, uykusuz kalanlar, kalkıp yazanlar, kendi ölümünden değil ölümden korkanlar, yoldan geçen ambulans seslerine yardım dilenenler, başkalarının rahatı için rahatsız olabilmeyi başarabilenler, sırf köpeği için başka eve taşınanlar, kırıp yapıştırmak yerine kırmayanlar, çiçeklerine adlar koyanlar, bir böceği benzinlikten toprağa taşıyanlar, hırçınlığı yalnız bırakanlar, sosyal eşitliğe inananlar, futbol maçları dışında da memleketini hatırlayanlar, Mardin'e görmeden özlem duyanlar, başkalarının haksızlığa uğramışlıklarında savaşa girenler, Küçük İskender'i yazdıklarından bağımsız da sevebilenler, sözün gücüne boyun eğenler, anlamak zorunluluğunun sınırlarıyla oynayanlar, başkalarını nedensiz mutlu edenler, doğayı oy kullanabilir görenler, aptallık apandiste benzer felsefesine inananlar, canlı alabalık yemeyenler, acılarına sahip çıkma yürekliliği gösterenler, yalnızlığı kavrayanlar, ev eşyalarının sürekli yerini değiştirenler, terk etmeyi zamana yayanlar, intiharın yaşam içinde daimi bir patlama olduğunu ve ölmekle son bulduğunu bilenler, misafirlikte karnıbaharı sevebilenler, biri uyanmasın için çişini tutanlar, yolculuklarda üstüne yatan koltuklara rağmen koltuğunu yatırmayanlar, bekletmeyip gelenler, orman yangınlarına deprem kayıpları kadar duyarlı olanlar, koyunları doğaya bırakmak gereğine inananlar, ilk gençliği özgür bırakanlar, çocuk hevesleri kırmayanlar, özel okullara karşı duranlar, politik duruşunun nedenlerini sorgulayanlar, Türkiye'nin bir canı olduğunu ve bir gün ölmek isteyebileceği gerçeğini bilenler, ekmeğini bölüşenler, kapılarını açık bırakanlar, orta yaşlarda sevgilerine nedenler bulanlar, mizaha yakın duranlar, portakalı özleyenler bir kış sabahı, güldürmek için gülenler...

Aşk, sevmeyi sevenlere görünür yalnızca. Sevgiyle.

Oylun Pirolli 05 Eylül 2003

Aşk

Portakalı hep özlediğimden midir bilmem, turuncu rengi hiç eksik etmem üzerimden. Mardin'e özlem duyuyor, çocukları çok sevip her aşkta yeniden doğuyorum. Çünkü sevmeyi seviyorum.

Zehra Kahraman 14 Eylül 2003

Kenan Kalecikli'yi daha çok tanımak için...

Sevgili Yürek İşçileri;
Bir ton birinci hamur kâğıdın üretilmesi için on yedi tane ağacın kesildiğini duymuş muydunuz?
Bir ağacın ne kadar zor büyüdüğünü ağaç yetiştirenler bilirler.
Her gün çöpe attığımız kâğıtları bir poşette biriktirip doğaya kazandırma olasılığını değerlendirmek istemez misiniz?
Yapmanız gereken; okunmuş gazeteleri, saklamak gereği duymadığınız dergileri ve diğer atık kâğıtları biriktirmek, çevrenizde kâğıt toplayan insanlar varsa onlara ulaştırmaktır. Böyle bir olanağınız yoksa, en azından kâğıt dolu bu poşetleri kaldırımın kıyısına koyarak doğaya bir şans verebilir, dostlarınıza da bu alışkanlığı kazandırabilirsiniz. Yıllar ilerledikçe sayısız ağacı kesilmekten kurtarmış olacaksınız. Kentlerimizin hızla betonlaşmasından yakınırken, bu eyleminizle ülkemizin ve dünyamızın çölleşmesini engellemeye çalışacak, doğaya müthiş bir katkı sağlayacaksınız.
Ben yıllardır bunu yapıyorum; sigara paketlerini bile kâğıt olmayan katkılarından ayırıp diğer kâğıtlarla birlikte doğaya kazandırıyorum.
Sizden de aynı duyarlılığı göstermenizi diliyorum.
Sevgi emekti değil mi? Emekse, sevginin ibadetidir.
Saygıyla...

Kenan Kalecikli

Kenan Kalecikli'nin Yayımlanmış Kitapları

Sevgi Günlüğü / Günce
Söyleyemediklerimi Sen Anla / Şiir
Sevgiliye -Suya Yazılan Mektuplar- / Mektup
Yalnız Sen Varsın (Aşk Üçlemesi, birinci kitap) /Roman
7 Mektup - Sevgiliye ve Unutulmayanlara- / Mektup
Hayallerimi Sende Unuttum -Alkışlar... Perde-/ Anlatı
Aşkı Konuşmak / Söyleşi
Kartpostal Yazıları / Deneme
Sevgili(m) -Kırık Bir Aşkın Gece Notları- / Deneme

Mutfaktan...
(Yakında sizlerle)
*Aşkın Ömrü Yüreğiniz Kadardır -bir aşk belgeseli-
...
Seni Sev(m)iyorum -yanılsamalar kitabı-
Gecikmiş Bir Hesaplaşma -çiftleşme kültürü ve yozlaşma-
Hüzün Senfonisi (Aşk Üçlemesi, ikinci kitap)
ve Tufan... ve Hazan (Aşk Üçlemesi, üçüncü kitap)